Gabriele Schossig

Träume leben

Über das Buch

Wir alle haben unsere Träume. Nicht immer sprechen wir über sie, denn manch ein Traum erscheint uns selbst so unrealistisch, dass wir ihn tief in unserem Herzen verborgen halten.
Aber Träume sind viel mehr als nur Luftschlösser unserer Fantasie. Sie zeigen uns, wonach wir uns sehnen, motivieren uns und geben uns eine Richtung in unserem Leben.
Träume sind hartnäckig. Sie bringen sich so lange in Erinnerung, bis wir bereit sind, sie zu leben.

Über die Autorin

Gabriele Schossig ist Dipl.-Ing. für Hochbau und Heilpraktikerin für Psychotherapie. Sie lebt mit Mann und Kater in einer Kleinstadt in Sachsen-Anhalt.
Ihre Bücher widmen sich vorrangig Themen, wie der Suche nach dem Glück, der Liebe oder dem richtigen Platz im Leben.
Weitere Informationen finden Sie auf der Autorenseite:

www.wondertimes.de

Gabriele Schossig

Träume leben

Geschichten & Gedanken

Bibliografische Information der Deutschen Bibliothek

Die Deutsche Bibliothek verzeichnet diese Publikation in der Deutschen Nationalbibliographie;
detaillierte bibliographische Daten sind im Internet über **http://dnb.ddb.de** abrufbar.

Impressum

5. überarbeitete Auflage: September 2021

Copyright: © Gabriele Schossig 2021
Coverdesign: Giusy Ame / Magicalcover.de

ISBN: 9783754334362

Herstellung und Verlag:
BOD - Books on Demand, Norderstedt

Inhalt

Einleitung	7
Ankommen	11
Ein Traum in Grün	18
Das alte Haus	24
Weihnachtsengel inkognito	28
Der Kullerko	37
Die leisen Töne	52
Die Frau im Spiegel	53
Antonia und der Taschenkobold	58
Träume kennen keine Grenzen	74
Das andere Ich	78
Zeiten ändern sich	84
Viele Wünsche für einen Tag	93
Der Osterhase ist ein Zwilling	101
Die Legende von Rock-Rose	110
Wunschzettel	125
Nachwort	127
Meine Träume	128
Weitere Bücher	130

„Gib nie Deine Träume auf.
Ohne Träume magst Du zwar weiter existieren,
aber Du wirst aufhören zu leben.“
(Mark Twain)

Einleitung

„Träume nicht Dein Leben, lebe Deine Träume."

Wir alle haben unsere kleinen oder großen Träume. Während der eine von einer Reise um die Welt träumt, wünscht sich ein anderer vielleicht nichts mehr als ein eigenes Häuschen mit Garten.
Nicht immer sprechen wir über unsere Träume. Oft erscheinen sie uns selbst so unrealistisch, dass wir sie lieber tief verborgen in unserem Herzen tragen, um sie nur ja nicht der Lächerlichkeit, den Zweiflern oder Neidern auszusetzen.
Manchmal verdrängen wir unsere Träume sogar so sehr, dass wir uns nicht einmal mehr an sie erinnern können.

Aber das war nicht immer so. In unserer Kindheit gelang es uns mühelos, unsere Träume lebendig werden zu lassen. Mithilfe unserer Fantasie versetzten wir uns einfach in die erträumte Rolle oder Situation und wurden so zum Helden, Indianerhäuptling oder zur Prinzessin. Die Badewanne wurde zum Piratenschiff, das Baumhaus zur Ritterburg und der Kleiderschrank zum schicken Prinzessinnengemach.

Träume verändern sich im Laufe des Lebens. Das ist auch gut so, denn wenn wir uns im Erwachsenenalter immer noch an denselben, oft unrealistischen, Kindheitstraum klammern würden, wäre das auf Dauer sehr frustrierend. Der Misserfolg ist vorprogrammiert, denn wer schafft es schon zur echten Prinzessin. Die Prinzen sind heute selten und auch die Rolle des Indianerhäuptlings erscheint mir in unseren Zeiten nicht mehr sehr erstrebenswert.

Unsere Träume passen sich unserem Alter und dem jeweiligen Lebensabschnitt an. Wir lenken unsere Wahrnehmung zwar oft auf inhaltlich verwandte Träume, die aber eher mit der Realität vereinbar erscheinen.
So wird aus der erträumten erfolgreichen Sängerkarriere vielleicht die Teilnahme an einem Chor oder die begeisterte Konzertbesucherin.
Doch auch heute, im Erwachsenenalter, sind unseren Träumen keine Grenzen gesetzt. Nur wir selbst entscheiden, was uns möglich erscheint und machbar sein könnte, nicht die anderen.
Viele Dinge, die vor hundert Jahren noch undenkbar und nicht vorstellbar erschienen, gehören heute ganz selbstverständlich zu unserem Alltag.
Träume waren so mächtig, dass sie die Welt verändert haben. Jede Erfindung, jede Neuerung, die der Mensch je geschaffen hat, beruht letztlich auf einem großen Traum. Ohne den Traum, wie ein Vogel durch die Lüfte zu fliegen, hätte nie ein Mensch den Versuch unternommen, eine „Flugmaschine" zu bauen.

Träume sind auch aus psychologischer Sicht wichtig. Sie motivieren uns und geben uns eine Richtung, ein Ziel, im Leben. Doch wollen wir unsere Träume auch wirklich leben, müssen wir uns unseren Ängsten stellen. Nur dann kann aus unserem Traum ein Ziel werden.

Jeder, der sich bereits auf den Weg gemacht hat, um seine Träume zu verwirklichen, wird wissen, dass es nicht immer leicht ist, sein Ziel im Auge zu behalten. Selbst dann nicht, wenn uns die Unterstützung von Familie oder Freunden sicher ist. Richtig schwierig wird es allerdings, wenn andere Menschen, vielleicht sogar jene, die uns sehr wichtig sind, unsere Träume nicht verstehen können (oder wollen).
Glauben wir dann trotzdem weiter an unseren Weg und damit an uns selbst? Oder geben wir auf?

Davon handelt die erste Geschichte „Ankommen".

Ankommen

Wieder einer dieser Abende. Er stand am Fenster und schaute hinaus in die Nacht. Am Himmel zog ein Flugzeug als blinkender Punkt vorüber, und Georg fragte sich, warum er nicht auch einfach in so einen Flieger stieg und alles hinter sich ließ. Sein Fernweh hatte sich in den letzten Wochen ins Unermessliche gesteigert. Was sollte er auch noch in dieser langweiligen, kleinen Stadt, in die er vor einigen Jahren nur wegen Amelie gezogen war. Amelie war Geschichte, und das war auch besser so. Immerhin hatte sie ihn ebenso wenig verstanden, wie die anderen, seine sogenannten Freunde. Skeptisch hatten sie seine Bilder begutachtet. Düster, depressiv, nichtssagend, hatte dann Patrick geurteilt, der sich einbildete, etwas von Kunst zu verstehen. Aber Amelies Bruder wusste sowieso immer alles ganz genau. Und Amelie hatte im Streit noch eins oben draufgesetzt. Brotlose Kunst hatte sie seine Leidenschaft für die Malerei genannt.
Niemand mochte seine Bilder, das hatte er danach als unumstößliche Wahrheit für sich akzeptiert, genauso wie die Tatsache, dass ihre Beziehung am Ende war. Seit diesem Tag hatte er keinen Pinsel mehr in die Hand genommen.

In dieser Nacht schlief er wenig. Am Morgen holte er den Koffer vom Schrank und packte seine Sachen. Viel besaß er nicht mehr, seit er bei Amelie ausgezogen war. Alles, was ihn an ihre gemeinsame Zeit erinnern konnte, hatte er zurückgelassen. Und doch besuchte ihn die Vergangenheit Nacht für Nacht in seinem Pensionszimmer, so sehr er sich auch dagegen wehrte. Und da sich das wohl auch nicht ändern würde, solange er dieser Stadt nicht endlich den Rücken kehrte, hatte er eine Entscheidung getroffen.

***

Er versuchte sich als Strandwächter, Touristenführer und Kellner. Die Monate vergingen in einem entspannten Rhythmus aus Arbeit und Schlaf. Wurde es ihm an einem Ort langweilig, zog er einfach weiter. Doch eines Abends saß er am Meer und dachte über sich und sein Leben nach. Es war ihm endlich gelungen, er war der Enge entkommen. Jetzt lebte er an den schönsten Orten der Welt und konnte tun und lassen, was er wollte. Wohin er auch kam, die Menschen waren freundlich zu ihm. Und doch wurde ihm immer bewusster, dass er überall nur der Fremde war. Oder lag es einfach daran, dass er sich selbst fremd geworden war? Wann hatte er eigentlich aufgehört, an seinen Traum zu glauben? Er hatte doch immer Malen wollen, Bilder erschaffen, die Menschen zum Nachdenken und Träumen anrührten, sie in ihrem Innersten erreichten. Was war nur daraus geworden? Was war aus ihm geworden?
Am nächsten Tag kaufte er Pinsel und Ölfarben. Auf seinem Lieblingsplatz zwischen den Felsen setzte er seine ersten zögernden, fast unbeholfenen Striche.

Bald malte er in jeder freien Minute, das Meer, das Dorf mit seinen weißen Häuschen, die Gesichter der Menschen, die ihm begegneten. Die Tage vergingen wie im Fluge, doch des Nachts reiste er immer öfter zurück in die Vergangenheit, sah sich durch die engen Gassen der kleinen Stadt laufen und im Park spazieren gehen. Nach diesen Träumen erwachte er morgens jedes Mal erschöpft, verwundert über das Gefühl der Sehnsucht, das ihn bis in den Tag begleitete. Fühlte sich so etwa Heimweh an?

***

Es klopfte und verwundert öffnete er die Tür. Patrick stand vor ihm, mit einer Flasche Wein in der Hand und einem schiefen Grinsen im Gesicht. Widerstrebend ließ er ihn ein.
Patrick sah sich im Zimmer um und sein Blick blieb an der Staffelei hängen.
„Du malst wieder?"
Georg nickte und räumte hastig ein paar Sachen beiseite. Seit einer Woche war er jetzt zurück und gestern war ihm Patrick zufällig auf der Straße begegnet. Sein erster Impuls war, stehen zu bleiben und ihn nach Amelie zu fragen. Doch dann hatten sie sich nur flüchtig zugenickt. Umso erstaunter war er jetzt über diesen Besuch.
Ihr Gespräch gestaltete sich schleppend, doch dann gab Georg sich einen Ruck und erzählte von seinen Reisen. Patrick hörte ihm aufmerksam zu.

„Zeigst Du mir Deine Bilder?", fragte er dann zögernd.

Diese Frage hatte Georg befürchtet. Seine Bilder waren wie ein Teil von ihm und er war sich nicht sicher, ob er bereits stark genug für eine erneute Ablehnung war.

Aber vor seiner Heimreise hatte er beschlossen, sich seiner Vergangenheit und seinen Ängsten zu stellen. Also holte er seine Mappe hervor und reichte sie Patrick. Während dieser Blatt für Blatt betrachtete, schaute Georg in sein Glas und wappnete sich innerlich für das, was gleich kommen würde. Doch ganz egal, wie Patricks Urteil dieses Mal auch ausfallen würde, nie wieder würde er seinen Traum aufgeben. Die Malerei machte ihn glücklich, auch wenn vielleicht niemand, außer ihm, seine Bilder mochte.

Lange Zeit herrschte Schweigen, dann platzte Patrick plötzlich heraus:

„Mensch Georg, die sind ja richtig gut!"

Einige Tage später klingelte das Telefon. Eine fremde Frauenstimme stellte sich als Elsa vor und erklärte ihm, sie habe von Patrick gehört, dass er ein erfolgreicher Maler sei, der lange Zeit im Ausland gelebt habe. Verlegen überging er diese maßlose Übertreibung und ließ die begeisterte Dame von einer geplanten Ausstellung in der Burggalerie berichten. Eine Künstlerin aus der Region würde dort ausstellen, und da er ja jetzt zurück sei, hätte der Kunstverein auch ihn gerne dabei. Völlig überrumpelt versprach er ihr, am nächsten Tag in der Galerie vorbei zu schauen.

Sein Magen fuhr vor Aufregung Achterbahn. Nach seinem Besuch in der Galerie war alles ganz schnell gegangen. Nun stand er hier auf der Eröffnungsfeier seiner ersten Ausstellung, die auch noch ein voller Erfolg zu versprechen schien. Nicht nur Zeitung und Regionalfernsehen waren anwesend, auch jede Menge interessierte Besucher pilgerten durch die Räume. Nur die andere Künstlerin hatte sich bisher nicht blicken lassen. Vielleicht war sie ja auch einfach zu schüchtern für öffentliche Auftritte. Ihr Künstlername sagte ihm nichts und sie malte ausschließlich Porträts, wie ihm Elsa gesagt hatte.

Als der Trubel ein wenig nachgelassen hatte, schlenderte Georg durch die Galerie und betrachtete ihre Bilder. Ein großes, gerahmtes Porträt zog seine Aufmerksamkeit auf sich. Überrascht trat er näher und blickte in das Gesicht des Mannes auf der Leinwand, fast wie in einen Spiegel. Schulterlanges, braunes Haar, markante Gesichtszüge, grüne Augen, die ihn aufmerksam zu betrachten schienen.

„Erkennst Du Dich wieder?"

Überrascht drehte er sich um.

„Amelie?!"

Ihr Lächeln hatte sich nicht verändert. Und in dem engen lilafarbenen Kleid und mit der wallenden schwarzen Lockenmähne sah sie noch attraktiver aus, als in seiner Erinnerung.

Fassungslos schaute er zwischen ihr und dem Bild hin und her. Er hatte das Gefühl, keinen klaren Gedanken fassen zu können.

„Wo kommt dieses Bild her?"

Ihr Lächeln wurde breiter.

„Ich habe es aus der Erinnerung gemalt. Aber wie ich sehe, wird es Dir heute nicht mehr gerecht. Du hast Dich verändert. Deine Bilder haben sich verändert." Und nach kurzer Pause fügte sie hinzu:
„Sie sind wunderbar, Georg!"
Verlegen wandte sie jetzt den Blick ab, und er wusste nicht, was ihn mehr durcheinanderbrachte, ihr Lob oder die Tatsache, dass aus ihr eine Malerin geworden war.

Später saßen sie bei einem Kaffee zusammen.
„Weißt Du, als Du damals gegangen bist", begann Amelie zu erzählen, „wusste ich plötzlich nichts mehr mit mir anzufangen. Ich habe mich in die nächste Beziehung gestürzt, aber na ja." Sie zuckte unwillig die Schultern, als wolle sie die Erinnerung daran abschütteln. „Ich habe Dich einfach nicht aus meinem Kopf bekommen. Ständig habe ich mich gefragt, was Du bloß an dieser Malerei gefunden hast, der ich die Schuld für unsere Trennung gab. Irgendwann habe ich selbst angefangen, zu malen, erst nur mit Bleistift, später mit Ölfarben. Bald malte ich nicht mehr, um Dich zu verstehen, sondern weil ich einfach nicht mehr anders konnte. Jedes Gesicht, das ich sah, wollte ich unbedingt festhalten, weil ich es als so einzigartig empfand. Ich wollte den Menschen mit meinen Porträts zeigen, wie wunderschön sie sind. Heute kann ich mir ein Leben ohne meine Bilder nicht mehr vorstellen, und ich habe begriffen, dass man an seinen Traum glauben muss, egal, was die anderen dazu sagen."
Eine Weile sah er sie nur an.

„Ich hatte keine Ahnung, dass Du heute gemeinsam mit mir ausstellen würdest." Immer noch überrascht schüttelte er den Kopf.

„Das wäre ja auch noch schöner, immerhin haben sich Elsa und Patrick die größte Mühe gegeben, dass die Überraschung gelingt." Ihre dunklen Augen sprühten vor Belustigung Funken.

„Ich war damals so dumm, Amelie. Ich habe von Dir erwartet, dass Du mich verstehst und glücklich machst, obwohl ich doch mit mir selbst und der Welt nicht im Reinen war. Ich habe mein Glück da draußen gesucht und bin dafür durch die halbe Welt gereist. Erst in der Fremde ist mir klar geworden, dass ich es nur in mir selbst finden kann. Seitdem ich das begriffen habe, bin ich endlich angekommen – angekommen bei mir."

Aus ihren großen Augen sah sie ihn nachdenklich an.

„Georg, meinst Du, zwei Menschen können denselben Traum träumen?"

„Ja, Amelie, sie können ihn nicht nur träumen, sie können ihn auch leben!"

Ihr Lächeln ließ sein Herz höherschlagen. Jetzt war er wirklich angekommen – zu Hause in seinem Leben.

Es gibt Wünsche, die einen so sehr beschäftigen, dass man kaum noch an etwas anderes denken kann. Wunderbar, wenn sich so ein Wunsch dann unverhofft erfüllt. Die Freude darüber hält ein ganzes Leben an und birgt Erinnerungen in sich, die man nicht mehr missen möchte.

Ein Traum in Grün

Margit blätterte durch die alten Fotoalben, ohne ganz bei der Sache zu sein. Ihre Gedanken waren bereits bei dem bevorstehenden Besuch ihrer kleinen Enkeltochter. Die Stunden mit der Kleinen waren immer etwas ganz Besonderes und vergingen wie im Fluge. Wie würden sie wohl heute ihre gemeinsame Zeit verbringen? Sie könnten gemeinsam Pudding kochen oder ein lustiges Bild malen. Oder möglicherweise kam im Fernsehen eines von Lillys Lieblingsmärchen. Das würden sie sich dann zusammen ansehen und anschließend alles noch einmal nacherzählen. Mit reichlich eigener Fantasie natürlich.

Margit wollte gerade das Fotoalbum aus der Hand legen, um in die Programmzeitschrift zu schauen, da blieb ihr Blick an einem alten, ein wenig vergilbten, schwarz-weiß Foto hängen: ihre Eltern, ihr kleiner Bruder und sie - als junges Mädchen. Wie lange das jetzt schon her war! Wie von selbst reisten ihre Gedanken in der Zeit zurück. Sie konnte sich noch ganz genau erinnern, wann dieses Foto entstanden

war. Fast schien es, als wäre dieser wunderschöne
warme Sonnentag erst gestern gewesen:

Zum ersten Mal im Jahr durfte sie Kniestrümpfe
und ihren leichten Sommermantel tragen. Wie immer, wenn sie in die große Stadt fuhren, hatte sich
die ganze Familie fein herausgeputzt. Ihre Mutter
hatte den eleganten, eng geschnittenen Mantel an,
der Vater seinen braunen Anzug und der kleine
Heinz eine nagelneue knielange Hose. Margit liebte
diese Ausflüge zu ihrer Tante Frieda. Alles hatte
dann so etwas Feierliches und Besonderes, das An-
ziehen der guten Kleidung, die Gesichter der Eltern,
die Fahrt mit dem Zug, der Spaziergang vom Bahnhof zur eleganten Wohnung der Tante, das gute Ge-
schirr auf Tante Friedas Couchtisch und überhaupt
alles. Die ganze Welt schien an diesen Tagen ihr
Sonntagsgesicht zu zeigen. Nur ihr kleiner Bruder
Heinz störte ein wenig die gute Stimmung und nervte immer wegen irgendetwas. Aber kleine Brüder
waren nun einmal so. Man konnte nur darauf hof-
fen, dass sie recht schnell groß wurden.
Der Zug fuhr in den Bahnhof ein und einer nach
dem anderen kletterten sie die Stufen hinunter und
traten auf den Bahnsteig. Vater nahm Heinz an die
Hand und Margit hakte sich bei ihrer Mutter unter.
Zu Margits Erstaunen schlugen sie dieses Mal aber
nicht den gewohnten Weg zur Tante ein, sondern
gingen zur Straßenbahnhaltestelle. Mit der Bahn
fuhren sie in Richtung Zentrum und stiegen dort
aus, wo sich ein Geschäft neben dem anderen be-
fand. Hier war Margit erst selten gewesen und stau-

nend betrachtete sie die Auslagen in den Schaufenstern.

Während der Vater mit dem kleinen Heinz spazieren ging, lief ihre Mutter mit ihr zielstrebig zu einem Geschäft mit großen, schmalen Fenstern. Hüte, Mützen, Kappen und Hochzeitsschleier bildeten hier die Auslage.

Neugierig beäugte Margit die unzähligen verschiedenen Kopfbedeckungen und entdeckte über der Tür ein Schild mit der Aufschrift: „Hut-Paradies". Was für ein schöner Name.

„Komm", forderte ihre Mutter sie auf, ihr zu folgen, und gemeinsam betraten sie den Laden. Erst jetzt fiel Margit auf, dass ihre Mutter heute gar nicht wie sonst ihren grauen Hut trug.

Der Laden war kleiner, als es von draußen den Anschein gemacht hatte. Jeder freie Flecken war mit Schränkchen, Regalen und Tischchen vollgestellt, und überall hingen oder lagen die unterschiedlichsten Hüte und Kappen. Während ihre Mutter mit der Verkäuferin redete, schaute Margit sich um. Und plötzlich entdeckte sie ihn! Einen Hut! Aber nicht irgendeinen, nein, einen Traum von einem Hut! Ganz vorsichtig, fast andächtig nahm sie ihn vom Regal und drehte ihn in ihren Händen. Sie hatte sich so sehr einen Hut gewünscht, seit ihre beste Freundin Annemarie einen zum Geburtstag geschenkt bekommen hatte. Immer wieder hatte sie ihre Eltern überreden wollen, ihr auch einen zu schenken, aber diese waren der Meinung, dass ein Mädchen mit zwölf Jahren keinen Hut brauchte. Doch nun war sie fast dreizehn, die Dinge hatten sich also geändert.

Und außerdem war Annemaries Hut lange nicht so schön und elegant wie der, den sie hier gerade in den Händen hielt. Also setzte sie den Hut auf, drehte und wendete sich ein paar Mal vor dem Spiegel und rannte dann zu ihrer Mutter.

„Mama, Mama, schau nur!"

Ihre Mutter betrachte kopfschüttelnd ihre glücklich strahlende Tochter. Doch Margit bemerkte auch das Lächeln in ihren Augen. Ein gutes Zeichen. Dann tuschelte ihre Mutter eine Weile mit der Verkäuferin, reichte eine beigefarbene Kappe, die sie in den Händen gehalten hatte, zurück über den Ladentisch, und meinte:

„Wir nehmen den Hut für meine Tochter. Ich glaube, sie möchte ihn gleich aufbehalten."

Die Verkäuferin lächelte.

„Eine gute Wahl, meine Dame. Ein Traum in Grün dieser Hut, nicht wahr?"

Erst als Margit zusammen mit ihrer Mutter den Laden verließ und der Hut immer noch auf ihrem Kopf saß, realisierte sie, dass dieser Traum in Grün jetzt tatsächlich ihr gehörte.

„Danke Mama", flüsterte sie verlegen, doch mit vor Freude glänzenden Augen.

Im Park trafen sie den Vater und den kleinen Heinz, und ließen sich alle zusammen von einem Fotografen ablichten.

Margit fiel nicht auf, dass ihre Mutter bei den folgenden Ausflügen wieder den alten grauen Hut aufhatte. Sie selbst trug bei jeder Gelegenheit überglücklich ihren Traum in Grün. Alle Freundinnen hatten sie um diesen Hut beneidet und sie war vor

Stolz fast geplatzt. Es dauerte einige Jahre, bis ihr endlich klar wurde, dass ihre Mutter damals ihr zuliebe auf einen eigenen neuen Hut verzichtet hatte. Und noch einmal Jahre vergingen, bis sie ihre Mutter mit einem neuen Hut zum Geburtstag überraschte. Da war diese schon weit über 70, hatte aber mit leuchtenden Augen die riesige Hutschachtel geöffnet.

„Kein Traum in Grün, aber ich fand ihn sehr hübsch", flüsterte Margit ihrer Mutter ins Ohr und diese lachte herzhaft.

Wie lange das alles her war! Seufzend legte Margit das Fotoalbum beiseite. Bis heute lag ihr Traum in Grün im obersten Fach ihres Kleiderschrankes. Von Zeit zu Zeit holte sie ihn heraus und setzte ihn auf. Dann betrachtete sie ihr Spiegelbild und fühlte sich wieder ein bisschen so wie damals, als junges Mädchen im „Hut-Paradies".

Plötzlich hatte sie eine Idee, stand auf und eilte ins Schlafzimmer. Sie holte ihren grünen Hut aus dem Schrank und setzte ihn sich noch einmal auf. Schmunzelnd betrachtete sie sich im Spiegel.

„Danke Mama", flüsterte sie.

Da klingelte es und Margit eilte zur Tür. Ihre Enkeltochter würde gleich Augen machen. Die Oma mit Hut, das gab es nicht alle Tage. Und plötzlich wusste sie, dass es heute kein Fernsehprogramm geben würde. Heute würde sie der Kleinen eine Geschichte erzählen. Von einer Reise und einem ganz besonderen Tag. Und sie würde ihr das alte Foto zeigen. Und dann, ja dann, würde sie Lilly ihren Traum in Grün schenken. Dieser Hut hatte Besseres verdient, als im Schrank zu liegen. Seine Aufgabe war es, kleine Mädchen glücklich zu machen. Und kleine Mädchen brauchten zum Glücklich sein nun mal einen Hut, das war heute nicht anders als damals.

„Nimm Dir Zeit, um zu träumen.
Das ist der Weg zu den Sternen."
(Irischer Spruch)

Nicht nur wir Menschen haben unsere Träume, sondern auch ein altes, fast vergessenes Haus. Wenn wir ganz leise sind, können wir es flüstern hören.

Das alte Haus

Einsam stand das alte Haus auf der verschneiten Wiese vor den Toren der Stadt. Sein schiefes Dach bog sich unter den Massen des Schnees, von seiner Fassade bröckelte der Putz und die Fensterläden quietschten im eisigen Wind. Seitdem die alte Frau Meinert zu ihrer Tochter gezogen war, hatte es keines Menschen Fuß mehr betreten. Still war es geworden in den Fluren und Zimmern. Nur ein schwarzer Kater fand manchmal durch ein zerbrochenes Fenster seinen Weg hier herein. Aber der hielt nur Ausschau nach Mäusen und nahm keinerlei Notiz von dem alten Haus.

Spaziergänger, die von Zeit zu Zeit stehen blieben, hielten sich stets in sicherem Abstand.

„Es ist verwunschen", raunten die Alten, „da spukt's", meinten die Kinder, „wir sollten es abreißen", sagten die Männer, „ein Schandfleck", schimpften die Frauen.

Diese Worte machten das alte Haus traurig. Warum redeten Menschen nur so? Wussten sie denn nichts von seiner Seele? Ahnten sie nicht, dass sich auch ein Haus nach Gesellschaft, Freude und Leben sehnte?

In den langen Nächten fragte es sich oft, ob es wohl bald demselben Schicksal anheimfallen würde, wie seine beiden Geschwister. Rechts und links hatten sie ihm früher stolz zur Seite gestanden, bis eines Tages ein Abrisskommando gekommen war und sie einfach Stein für Stein abgetragen hatte. Nur ein paar Mauerreste, längst von Gras und Farn überwuchert, erinnerten heute noch an sie.

Am einsamsten aber fühlte sich das alte Haus zur Weihnachtszeit, dann wenn die Häuser der nahen Stadt hell erleuchtet vor sich hin strahlten und nur seine eigenen Fenster dunkel und kalt blieben.

Als das alte Haus schon beinahe jede Hoffnung aufgegeben hatte, kam eines Morgens ein Menschenpaar des Wegs. Die jungen Leute gingen nicht wie die anderen Spaziergänger vorbei, sondern kamen direkt auf das alte Haus zu und blieben vor der Eingangstür stehen.

Das alte Haus klapperte freudig mit seinen Läden. Kam etwa endlich wieder Besuch?

Und tatsächlich, die junge Frau zog einen großen Schlüssel aus ihrer Tasche und versuchte, damit die Tür zu öffnen. Ihr Begleiter, ein jungenhafter, schlaksiger Mann, schaute indessen prüfend an der Fassade empor.

„Deine Oma hat recht, es ist schon ziemlich alt", meinte er skeptisch.

Ängstlich vernahm das alte Haus diesen Satz und sperrte sich, seine Tür zu öffnen.

Doch als die Frau fast zärtlich über das abgeblätterte Türblatt strich, konnte es nicht mehr anders und gab bereitwillig nach.

Die beiden traten ein und schlenderten langsam durch die Räume. Das alte Haus hielt vor Aufregung den Atem an. Vor einem großen Kamin im Wohnzimmer blieb die junge Frau stehen.

„Ja, es ist alt. Aber es ist auch wunderschön", meinte sie und schaute sich verträumt im Zimmer um.

Das alte Haus hörte es und seufzte vor Freude, dass es im Gebälk nur so knirschte.

„Hör nur, es spricht mit uns", freute sich die Frau und ihr Freund meinte schmunzelnd:

„Kein Wunder. Dein Anblick erweckt eben selbst ein altes Haus wieder zum Leben."

Zwei Jahre später war das alte Haus nicht mehr wiederzuerkennen. Es trug jetzt ein rotes Dach und an der neuen gelben Fassade kletterten im Sommer Rosenstöcke empor.

Die Zeiten der Einsamkeit gehörten der Vergangenheit an. Das Leben war in seine Mauern zurückgekehrt.

Am Schönsten aber war es zur Weihnachtszeit. Dann kamen oft Besucher zu den jungen Leuten und brachten Lieder und Geschichten mit. In den Zimmern roch es nach Plätzchen und der Kamin sorgte für mollige Wärme und Behaglichkeit. Besonders stolz war das alte Haus aber auf all die unzähligen Lichter und Kerzen in seinen Fenstern, die selbst die Stadthäuser zum Staunen brachten.

Das alte Haus war glücklich! Endlich hatten wieder Menschen in ihm ein Zuhause gefunden. Menschen, die seinen wahren Wert erkannt und ihm zu neuem Glanz verholfen hatten.

Für die Spaziergänger allerdings, die nach wie vor neugierig herüberschauten, jetzt aber „was für ein Prachtstück" riefen, hatte das alte Haus keinen einzigen Blick mehr übrig.

„Der Langsamste, der sein Ziel nicht aus den Augen verliert, geht noch immer geschwinder, als jener, der ohne Ziel umherirrt."
(Gotthold Ephraim Lessing)

Weihnachten, eine ganz besondere Zeit für Träume und Wünsche. In unserer Kinderzeit war der Weihnachtsmann für die Wunscherfüllung zuständig. Aber auch ein Weihnachtsmann hat seine Träume.

Weihnachtsengel inkognito

Ich erinnere mich noch so genau an diesen Heiligen Abend, als wäre er gestern gewesen. Ich war spät dran. Die Nacht war klar und klirrte vor Kälte. Am Nachmittag hatte es wieder geschneit und mit meinen viel zu großen Stiefeln stapfte ich durch die weiße Pracht. Die Straßen lagen um diese Zeit völlig verlassen, alles saß in der warmen Stube.

Genau aus einer solchen kam auch ich gerade, hatte die restlichen Geschenke verteilt, in glückliche Kinderaugen geschaut und eine Überdosis an Weihnachtsgedichten und -liedern über mich ergehen lassen.

Jetzt freute ich mich eigentlich nur noch auf etwas Ess- und Trinkbares. Doch eine Aufgabe gab es noch zu erledigen, bevor ich mich um mein eigenes Wohlbefinden kümmern konnte.

In Vorfreude auf ein großes Glas Weihnachtspunsch beschleunigte ich meine Schritte und bog um die Ecke.

Und da sah ich sie. In ihrem langen dunklen Mantel, den Kragen hochgeschlagen und die Mütze tief ins Gesicht gezogen, war nicht viel mehr von ihr zu erkennen, als die langen blonden Locken. Doch ihr

Gang und die Haltung drückten eine Verlorenheit aus, die mir augenblicklich ans Herz ging. Sie bewegte sich nicht so, als hätte sie irgendein Ziel. Eher zögernd, ganz in ihre Gedanken versunken, machte sie Schritt für Schritt.

Mich entdeckte sie erst, als ich schon fast vor ihr stand. Erschrocken fuhr sie zusammen, beruhigte sich aber schnell, als sie mich „erkannte".

Wer hatte schon Angst vorm Weihnachtsmann? Vielleicht einmal abgesehen von einigen Kindern, die vom schlechten Gewissen geplagt wurden.

Aber sie war schon lange kein Kind mehr und ihre dunklen Augen in dem blassen, schmalen Gesicht verrieten nichts außer unendlich tiefer Traurigkeit.

Für einen Moment standen wir uns hilflos gegenüber. Doch dann wurde ich mir meiner Aufgabe wieder bewusst, zu der es wohl auch gehörte, sich in der Heiligen Nacht um einsame Menschenkinder zu kümmern, selbst dann, wenn diese schon mindestens Mitte 20 waren.

„Ho, ho, ho", rief ich also bemüht heiter, „was treibt Dich denn so spät in diese kalte Nacht?"

Für eine Sekunde meinte ich ein klitzekleines Lächeln in ihren Augen zu sehen, welches jedoch genauso schnell wieder verschwand, wie es erschienen war.

„Ich bin geflüchtet", murmelte sie und schien mich ganz selbstverständlich, in meiner Rolle als gütigen Alten zu akzeptieren, dem man bedenkenlos sein Herz ausschütten konnte.

Ich verkniff mir ein nochmaliges ho, ho, ho, und fragte stattdessen nur:

„Und wovor?"

„Vor der weihnachtlich dekorierten Stube, vor der Einsamkeit, vor mir selber", und plötzlich schluchzte sie: „Er ist nicht gekommen. Hat abgesagt. Heute Morgen. Einfach so."

Und eh ich mich versah, lag dieser traurige, blonde Engel in meinen Armen und weinte herzzerreißend.

Wie wünschte ich mir in diesem Moment, dass sie in mir nicht nur den Weihnachtsmann, sondern den Mann hinter der Fassade sah, der ihr nur zu gerne Freund und Beschützer sein würde. Doch gleichzeitig war mir bewusst, dass nur meine Verkleidung der Grund für ihr Vertrauen war. Und ihre Verzweiflung.

Als hätte sie meine Gedanken gelesen, löste sie sich aus meinem Arm.

„Entschuldigung," hauchte sie verlegen. „Ich bin wirklich zu alt, um an den Weihnachtsmann zu glauben. Für einen Moment ..." Irritiert blickte sie mir ins Gesicht oder versuchte zumindest etwas von diesem hinter meinem weißen Wattebart zu erspähen. „Du musst mich für ziemlich dumm halten. Tut mir leid, wirklich", fuhr sie dann ein wenig selbstsicherer fort und machte Anstalten weiter zu gehen.

Blitzschnell überlegte ich, wie ich sie von diesem Vorhaben abhalten konnte. Wer weiß, wer ihr als Nächster in dieser Nacht über den Weg laufen würde, sicherlich nicht Rudi, das Rentier. Erstaunt bemerkte ich, dass ich mir Sorgen um diese Fremde machte.

„Vielleicht bist Du ja zu alt, um an den Weihnachtsmann zu glauben, aber als Weihnachtsengel bist Du genau richtig", versuchte ich es wieder mit Humor.

Misstrauisch schaute sie mich an und wich einen Schritt zurück.

„Ich meine", fuhr ich rasch fort und überspielte meine Verlegenheit, „Du könntest mir bei der Bescherung helfen. Ich bin spät dran und zu zweit würde es schneller gehen."

Diese Augen werde ich mein Lebtag nicht vergessen. Dunkel und tief, sodass ich meinte, jeden Moment darin zu versinken. Und ihre Gefühle ließen sich in ihnen ablesen, wie in einem offenen Buch. Ob sie sich wohl dessen bewusst war?

„Ja, warum eigentlich nicht", antwortete sie zu meinem Erstaunen. „Ich habe ja sowieso nichts Besseres vor." Ihre Augen füllten sich erneut mit Tränen.

Bevor sie wieder zu weinen beginnen konnte, nahm ich, mit der Selbstsicherheit eines Weihnachtsmannes, ihren Arm und plauderte munter von meinen abendlichen Erlebnissen. So große Mühe ich mir auch gab, zum Lachen brachte ich sie nicht, aber zumindest spürte ich, wie sie sich ein wenig entspannte.

Es war nicht allzu weit bis zum Vereinshaus. An der Tür wurde ich bereits ungeduldig von der Vorsitzenden, Frau Röhrig, erwartet. Überrascht musterte sie die blasse Frau neben mir, nickte ihr dann aber zu und meinte:

„Prima, dass sie unserem Weihnachtsmann zur Seite stehen."

„Mein Weihnachtsengel", sagte ich scherzend und an dem Blick, den mir Frau Röhrig daraufhin zuwarf, konnte ich erkennen, dass sie die Situation ohne ein weiteres Wort erfasst hatte.

Immerhin sah meine Begleiterin in Wirklichkeit auch viel weniger wie ein Weihnachtsengel, als vielmehr wie ein verirrtes Waisenkind aus. Aber wie auch immer, auch dann war sie hier goldrichtig. Denn in dem Raum, den wir kurz darauf betraten, saßen ungefähr 30 Leute, die alle eines gemeinsam hatten, sie waren allein.

Da waren einige Rentner, deren Angehörige selbst an einem Abend wie diesen zu beschäftigt für einen Besuch waren, einige Männer und Frauen verschiedener Altersgruppen, die nach Scheidung oder Tod des Partners wieder allein lebten, eine Mutter mit drei kleinen Kindern, die vor ihrem Mann und seinen Wutausbrüchen geflüchtet war und einige angeblich überzeugte Singles, die heute alles andere als überzeugt waren.

Vor fünf Jahren hatte alles damit begonnen, dass Frau Röhrig, damals gerade frisch geschieden, zum ersten Mal ein Weihnachtsfest allein verbringen musste und sich daraufhin geschworen hatte, dass ihr das nie wieder passieren würde. Also hatte sie kurz entschlossen eine Annonce aufgegeben und Gleichgesinnte gesucht. Menschen, die wie sie allein waren oder Leute, die einsamen Seelen helfen wollten. Viele waren ihrer Idee gefolgt, sie hatten einen Verein gegründet und organisierten seitdem diesen gemeinsamen Heiligen Abend für alle die, die sich einsam fühlten.

Mit jedem Jahr wurden es mehr. Und ich, der Weihnachtsmann, war von Anfang an dabei.

Wo also hätte mein einsamer Engel besser aufgehoben sein sollen, als hier?

Frau Röhrig schleppte den Sack mit den Geschenken heran und aller Augen richteten sich erwartungsvoll auf uns.

Ich konnte spüren, wie verlegen das meine Begleiterin werden ließ, die sich rasch ihre Mütze vom Kopf zog und ihre Haare ordnete.

Mit ihren langen, blonden Locken kam sie jetzt ihrer Berufung als Weihnachtsengel schon viel näher,

Die Bescherung begann und wieder einmal fragte ich mich, wie Frau Röhrig es schaffte, für jeden Gast ein passendes, kleines Geschenk zu besorgen.

Mein schönstes Geschenk an diesem Abend war allerdings, dass mein Engel mir jedes Päckchen zureichte. Ich las dann den Namen vor und wurde erneut mit Gedichten und Liedern bedacht, wenn hier auch begleitet von übermütigem Gelächter und Gekicher.

Als alle glücklich beschenkt waren, zauberte ich noch eine Überraschung für die Chefin aus meinem Mantel, ein kleines Büchlein eines bekannten brasilianischen Schriftstellers, für den meines Wissens nach ihr Herz ganz besonders schlug. Und wirklich, Frau Röhrig drückte mich voller Freude an ihre Brust und mir wurde, in meinem dicken Kostüm, noch wärmer.

Dann setzten wir uns zu den anderen an die lange, festlich geschmückte Tafel. Der Engel an meiner Seite hatte endlich den dicken Mantel abgelegt, nur ich blieb standesgemäß im Weihnachtsmannoutfit. Was muss, das muss.

„Schön ist es hier", flüsterte sie mir zu und schaute sich mit großen Augen im Raum um. Für einen

Moment sah sie jetzt tatsächlich aus, wie ein Kind zu Weihnachten.

Frau Röhrig und ihre Freundinnen hatten auch weder Kosten noch Mühen gescheut und wieder ihr ganzes Herz in die Vorbereitung dieses Abends gelegt. Eine große Tanne stand in der Mitte des Raumes, prachtvoll geschmückt in Lila und Silber. Von einem CD-Player in der Fensterbank erklang leise Weihnachtsmusik und von unseren Tellern duftete das Hühnerfrikassee, dass mir das Wasser nur so im Munde zusammenlief. Das Essen desselben gestaltete sich allerdings aufgrund meines langen Bartes etwas schwieriger.

Für einen Moment war ich versucht, doch einfach meine Verkleidung abzulegen und der zu sein, der ich bin. Aber wie hätte ich den Kindern im Raum erklären sollen, dass der Weihnachtsmann plötzlich nur noch Jeans und T-Shirt trug und zudem auch noch seinen Bart verloren hatte?

So harrte ich aus, schwitzte vor mich hin und war doch gleichzeitig ganz eigenartig glücklich. Lag das an diesem Abend? Oder an dem blonden Wesen neben mir?

Sie sprach die ganze Zeit nicht viel, aber schon allein ihre Anwesenheit tat mir so gut, dass ich mir wünschte, die Zeit würde einfach stehen bleiben. Aber wann hat sich die Zeit schon jemals nach unseren Wünschen gerichtet?

Zum Abschied, bevor sie ins Taxi stieg, drückte sie mir einen zarten Kuss auf die Wange, oder vielmehr in den Bart, und flüsterte: „Danke. Jetzt weiß ich, dass es ihn wirklich gibt, den Weihnachtsmann."

Dann war sie fort. Doch dieses warme Gefühl in meinem Herzen blieb.

***

Einmal habe ich sie wiedergesehen. Da war der Schnee längst getaut und die Vögel zwitscherten den Frühling herbei. Sie trug die Haare jetzt kürzer und ihre Haut war leicht gebräunt, aber wie hätte ich sie nicht wiedererkennen können? Sie dagegen sah an mir vorbei, wie an einem Fremden. Für einen Moment war ich irritiert, danach bestürzt, doch dann wurde mir schlagartig klar, dass ich ja wirklich genau das für sie war - ein Fremder!
Sie war einem Weihnachtsmann begegnet, der ihr für ein paar Stunden zum Freund geworden war, in einer kalten, einsamen Winternacht. Von dem Mann hinter dieser Fassade hatte sie keine Ahnung.
Fast hätte ich sie angesprochen, ihr alles erzählt, mich zu erkennen gegeben. Aber ich habe es nicht gewagt. Sie wirkte heute so anders, ihr Gang jetzt aufrecht und zielstrebig. Vielleicht wollte sie ja gar nicht an diese Nacht erinnert werden? So ließ ich sie einfach weiter gehen.
Doch eine Stimme in mir sagt, ich werde sie wiedersehen. Vielleicht am nächsten Heiligen Abend? Ich habe Frau Röhrig schon angekündigt, dass sie sich in diesem Jahr einen anderen Weihnachtsmann suchen muss. Sie hat gelächelt und genickt. Und sie hat mir versprochen, wieder denselben Saal zu nutzen, wie im Vorjahr. Damit sie uns finden kann,

meinte sie schmunzelnd und ich wusste, sie hatte mich verstanden.

Ja, sie wird uns finden! Oder ich sie! Und wann immer sie kommen wird, ich werde da sein. Nicht als der Weihnachtsmann, sondern als der Mann, der ich bin. Und - ich werde sie willkommen heißen!

„Glaube nicht, Du kannst den
Lauf der Liebe lenken,
denn die Liebe, wenn sie Dich
für würdig hält,
lenkt Deinen Lauf."
(Khalil Gibran)

Bleiben wir noch ein wenig in der Weihnachtszeit und besuchen die Welt der Fabel- und Märchenfiguren. Die folgende Geschichte zeigt, was passiert, wenn Ängste und Zweifel so groß werden, dass man sich nur noch anpasst und funktioniert, anstatt der eigenen Bestimmung zu folgen.

Der Kullerko

Es war einmal ... wie alle alten Märchen, so beginnt auch die Geschichte vom kullerrunden Kobold.
In der Winterweihnachtswelt, in welcher dieser Kobold lebte, wurde er aber von allen Wesen nur Kullerko genannt, eine Abkürzung für kullerrunder Kobold.
Anfangs hatte sich Kurt, denn so hieß der Kullerko richtig, sehr über diesen Namen geärgert, doch im Laufe der Zeit gewöhnte er sich daran.
Denn irgendwie hatten die Kobolde und Elfen ja auch recht, alles an ihm war wirklich kullerrund, sein Kopf, die blauen Augen, die Brille und ganz besonders sein Bauch.
Manchmal, hinter vorgehaltener Hand, nannten ihn einige der Kobolde auch schlichtweg dick. Und wie das immer bei solchen Flüstereien der Fall war, hörte der Betreffende natürlich davon. Aber Kurt fand, das klang sehr uncharmant und weigerte sich strikt, es zur Kenntnis zu nehmen. Auch wenn er selbst natürlich am besten wusste, dass er gewaltig an Umfang zugenommen hatte. Doch das war ja schließlich

auch kein Wunder, denn wie jeden Tag lag auch heute wieder ein gewaltiger Stapel Pfefferkuchen vor seiner Nase, der nur darauf wartete, von ihm verspeist zu werden.

Seufzend biss er in ein großes, zuckergussüberzogenes Lebkuchenherz. Diese Arbeit ging wirklich an seine Substanz, oder besser gesagt, sie ließ seine Substanz aus dem Leim gehen. Seit zwei Jahren saß er nun auf diesem Platz und erfüllte Tag für Tag seine Pflicht. Jeden Morgen kam eine Lieferung großer und kleiner Pfefferkuchen aus der Weihnachtsbäckerei in die Weihnachtsbäckereiwerkstatt. Jeden Abend hatte er alle bis auf den letzten Krümel aufgegessen und verließ sauber aufgeräumt seinen Arbeitsplatz.

Was sein musste, das musste nun mal sein, auch wenn es persönliche Opfer bedeutete. Und das war bei ihm ganz sicher der Fall, begegnete er doch jeden Morgen, wenn er schwerfällig zur Werkstatt ging, Elfi, einer bezaubernden kleinen, gelben Elfe. Elfi arbeitete in der Puppenmalerei und war für das Make-up der neuen Puppenkollektionen zuständig.

Und so beschwingt, wie sie ihrem Ziel zueilte, schien ihr diese Arbeit eine Menge Freude zu bereiten. Für Kurt hatte sie aber nie mehr als einen kurzen Gruß übrig. Er war eben nur der Kullerko. Und seine Arbeit machte ihn mit jedem Tag kullerrunder.

***

Die Weihnachtsmannstadt in der Winterweihnachtswelt war ein friedlicher Ort. Ganz besonders nach getaner Arbeit, dann wenn alle Geschenke fertiggestellt und auf den Weihnachtsmannschlitten verladen waren.

Doch in diesem Jahr herrschte im Weihnachtsmannbüro dicke Luft. Es ging um die Gästeliste für das größte Event des Jahres. Wie an jedem Heiligen Abend lud der Weihnachtsmann, nach seiner Rückkehr aus der Menschenwelt, alle Helfer zum gemütlichen Weihnachtsessen ein. Dieses Fest war seit Jahr und Tag Tradition und ein jeder freute sich darauf. Nur in der letzten Zeit war Unmut entstanden. Schuld daran war der Kullerko, der in der Weihnachtsbäckereiwerkstatt für das Bauen der Pfefferkuchenhäuschen zuständig war. Oder besser gesagt, zuständig sein sollte. Denn seit er diese Aufgabe übernommen hatte, musste sich der Weihnachtsgeschenkepannendienst andauernd irgendwelche Ersatzgeschenke ausdenken. Nicht ein fertiges Häuschen verließ mehr die Bäckerei. Und so konnte auch keines verschenkt werden, sehr zum Leidwesen der Kinder.

Dabei wurde das Zubehör, eine Vielzahl kleiner und großer Pfefferkuchen in allen Formen und Farben, pünktlich geliefert. Aber statt daraus Häuschen zu bauen, futterte der Kullerko sie einfach alle auf. Einen nach dem anderen. Und wurde dabei natürlich immer kullerrunder.

Niemand hatte bisher gewagt, ihn darauf anzusprechen. Man war einfach davon ausgegangen, dass der Kullerko ein sehr hungriger Kobold war. Und da man ja sozial eingestellt war im Weihnachtsmärchenland, ließ man ihn essen und sorgte für mehr Material. Doch auf unerklärliche Weise wuchs Kurts

Hunger mit der Masse der Pfefferkuchen. Und leider auch der Umfang seines Bauches.

Doch was genug war, war genug. Bisher hatte der Weihnachtsmann noch nichts davon erfahren. Und Kobolde petzten nicht. Aber jetzt waren sie mit ihrer Geduld am Ende. Keine ordentliche Arbeit, keine Einladung zum Weihnachtsmannessen, sagten die einen. Wir müssen mit ihm reden, meinten die anderen. Aber niemand traute sich.

Nach langem hin und her wurde entschieden, den Kullerko einzuladen. Doch es wurde Zeit, dass auch er begriff, dass in der Winterweihnachtswelt ein jeder seine Arbeit tun musste. Denn nur dann konnten die Kinder in der Menschenwelt ein glückliches Weihnachtsfest feiern und ihren Glauben an den Weihnachtsmann bewahren. Und so fassten die Kobolde einen Plan ...

Der große Abend kam. Alle warteten gespannt auf die Rückkehr des Weihnachtsmannes. Auch Kurt war schon ganz aufgeregt. Heute würde sein zweiter Abend im Weihnachtsmannhaus sein. Im letzten Jahr war er viel zu nervös gewesen, um auch nur ein Wort mit dem Chef zu wechseln, aber vielleicht würde es ja heute anders sein.

Und da kam der Weihnachtsmann auch schon mit seinem Rentierschlitten und wehender roter Mütze durch die Luft gesaust.

„Ho, ho, ho, Freunde, kommt essen!", schallte es über ihren Köpfen.

Alles eilte zum Weihnachtsmannhaus, während der alte Herr geschickt den Schlitten in die Garage ma-

növrierte und die Rentiere endlich ihren wohlverdienten Feierabend machten, um in den Wald zu
ihren Familien zu laufen.

Das große Wohnzimmer war festlich geschmückt.
Alle nahmen an der langen Tafel Platz. Der Weihnachtsmann saß wie immer ganz oben am Tisch,
direkt vorm Kamin, um sich von seiner nächtlichen
Fahrt aufzuwärmen.
Als endlich alle ruhig waren und das dauerte bei
Kobolden eine ganze Weile, wünschte er seinen Gästen ein fröhliches Weihnachtsfest und bedankte sich
für die getane, fleißige Arbeit. Mit strahlenden Augen berichtete er von seiner Reise und all den glücklichen Kindern, die ihm auf dieser begegnet waren.
Die Kobolde und Elfen freuten sich mit ihm und
Frau Holle, die wie immer zu Besuch gekommen
war, wischte sich sogar verstohlen eine Träne der
Rührung von der Wange.
Kurt war ganz stolz, wenn er seinem Chef so zuhör-
te. Gut, dass es ihnen allen wieder gelungen war,
den Kindern einen schönen Heiligen Abend zu be-
scheren. Denn das war ja schließlich das aller Wich-
tigste.
Als der Weihnachtsmann seine Rede beendet hatte,
zündete Bertram, der größte Kobold in der Winterweihnachtswelt, die Kerzen am Baum an. Der Tannenbaum stand in einer Ecke und reichte bis fast
zur Decke hinauf. Seine Kugeln blinkten in allen
Farben des Regenbogens. Der Weihnachtsmann
liebte es bunt, und da die Kobolde das wussten, hatten sie ihre farbenprächtigsten Jäckchen angezogen.
Kurts leuchtete in prachtvollem Rubinrot, nur leider

bekam er den untersten Knopf nicht mehr zu, was ihm ein wenig peinlich war.

Auch die Elfen waren wunderschön anzusehen, aber das waren sie natürlich immer. Elfi war allerdings die Schönste von allen, da war Kurt sich sicher. Sie saß ihm genau gegenüber und sein Herz pochte vor Freude, als sie für einen Augenblick zu ihm hinübersah.

Dann wurde das Essen serviert. Frau Holle hatte sich wieder die Mühe gemacht, für jeden sein ganz persönliches Lieblingsessen zu kochen. Freudestrahlend stellte sie zuerst dem Weihnachtsmann und dann jedem seiner Gäste ein Tellerchen vor die Nase.

Jedem, außer Kurt. Denn Kurt bekam kein Tellerchen, sondern einen ausgewachsenen Teller. Das wäre ja an sich nicht weiter schlimm gewesen, aber zu seinem Entsetzen lag auf dem Teller ein riesiger Stapel schokoladenüberzogener Pfefferkuchenherzen.

Fassungslos starrte er auf die gewaltige Portion. Oh nein, nicht schon wieder Pfefferkuchen, flehte er im Stillen, nicht fähig einen davon in die Hand zu nehmen. Heute bekam doch jeder sein Lieblingsessen. Wer war nur auf die Idee gekommen, dass er diese Dinger gerne aß? Als wenn es nicht schon genug wäre, dass er jeden Tag Berge davon verspeisen musste.

Während alle anderen sich voller Freude über das Essen hermachten und genüsslich schmatzten, saß Kurt da und starrte wie hypnotisiert auf seinen Teller.

Sicher war das nur eine dumme Verwechslung. Er liebte doch Eierkuchen und hatte sich schon das ganze Jahr auf so eine leckere, duftende Portion gefreut, wie sie ihm Frau Holle im letzten Jahr serviert hatte. Verstohlen schaute er zu der älteren Frau im blau-weiß karierten Kleid, die voller Wonne ihre Hühnersuppe löffelte. Bestimmt war es wirklich nur ein Versehen. Gleich würde es Frau Holle auffallen und dann bekäme er seinen richtigen Teller. Und der durfte dann auch ruhig ein bisschen größer sein.

Aber nichts dergleichen geschah. Stattdessen wurde ihm plötzlich bewusst, dass die anderen Kobolde durchaus jederzeit für einen Schabernack zu haben waren. Hatte sich etwa einer von ihnen einen Scherz erlaubt?

Mit gesenktem Kopf spähte er von einem zum anderen, aber alle Kobolde waren mit ihrem Essen beschäftigt und achteten nicht auf ihn.

Nur der Weihnachtsmann blickte gerade zufällig von seinem Teller mit Kartoffelsalat und Würstchen auf und bemerkte Kurts suchende Blicke.

Mit vollem Mund fragte er:

„Kobold Kurt, was ist denn? Schmeckt es Dir nicht?"

Dabei bemerkte er überrascht, dass der kleine, runde Kobold den größten und vollsten Teller von allen vor sich stehen hatte, was wohl sicher ein Zeichen für dessen außerordentlichen Fleiß war.

„Doch, doch", murmelte der kullerrunde Kobold verlegen und biss vorsichtig in ein Pfefferkuchenherz.

Der Weihnachtsmann nickte ihm wohlwollend zu und vertiefte sich wieder in den Anblick seines eigenen Essens.

Mühsam kaute Kurt und hatte dabei das Gefühl, der Pfefferkuchenbissen wurde immer mehr in seinem Mund. Krampfhaft versuchte er die zähe Masse, samt seiner aufsteigenden Übelkeit, hinunterzuschlucken. Doch dabei verschluckte er sich auch noch. Voller Ekel schupste er den Pfefferkuchenteller von sich, sprang hustend und prustend auf und rannte, so schnell ihn seine kurzen Beinchen trugen, zur Tür hinaus.

Die erstaunten Gesichter der Elfen schauten ihm nach, wogegen die Kobolde sehr schuldbewusst aus ihren bunten Jäckchen schauten. Vielleicht war es ja doch nicht ganz fair gewesen, dem kullerrunden Kobold einen so großen Teller Pfefferkuchen vor die Nase zu stellen, ging es dem einen oder anderen von ihnen sicher durch den Kopf.

Aber wer hätte denn ahnen können, dass der Kullerko so reagierte? Eigentlich sollte doch dem Weihnachtsmann nur auffallen, wie viel der Kullerko aß, damit er ihn zur Rede stellte. Doch eigenartigerweise hatte Kurt heute gar nichts gegessen?

Betreten schaute einer zum anderen. Der Weihnachtsmann kannte diesen Gesichtsausdruck nur zu gut. So sahen die Kinder immer aus, wenn sie gerade etwas angestellt hatten. Irgendetwas war bei seinen Kobolden im Gange. Und er wäre nicht der Weihnachtsmann gewesen, wenn er nicht augenblicklich wissen wollte, was in seinem Hause vor sich ging.

„Philipp?", fragte er mit drohendem Unterton.

Der dienstälteste Kobold, eine dünne Gestalt, im maigrünen Mäntelchen und mit langem weißem Bart, um den ihn selbst der Weihnachtsmann manchmal heimlich ein klein wenig beneidete, erhob sich und räusperte sich verlegen.

„Was ist hier los?" Der Weihnachtsmann mochte es gar nicht, am Heiligen Abend von irgendwelchen Streichen seiner Helfer behelligt zu werden, wie seine hochgezogenen Augenbrauen verrieten.

„Wir ...", das Unbehagen war dem alten Kobold deutlich anzusehen. Doch dann gab er sich einen Ruck. Es half alles nichts, die Wahrheit musste heraus, denn schließlich hatten sie ja gewollt, dass der Weihnachtsmann auf den gefräßigen Kullerko aufmerksam wurde.

„Chef, wie Du weißt, arbeitet Kurt in der Weihnachtsbäckereiwerkstatt. Doch seitdem er dort beschäftigt ist, gibt es keine Pfefferkuchenhäuschen mehr."

Der Weihnachtsmann strich sich über seinen weißen Bart, der ein Stückchen kürzer als Philips war.

„Und warum nicht?"

Auch wenn ihm schon aufgefallen war, dass sich keine Häuschen mehr unter den Geschenken befanden, so dachte er doch, dass sich die Interessen der Kinder verändert hatten und nun eher Computer und Barbiepuppen gefragt waren.

„Er isst einfach das ganze Material auf", antworteten alle Kobolde wie aus einem Munde.

„Oh", machte der Weihnachtsmann und die Elfen kicherten.

Da schaltete sich Frau Holle ein.

„Er wird seine Gründe haben."

„Vielleicht großen Hunger?", grinste der Kobold Philipp, wurde aber augenblicklich wieder ernst, als der Weihnachtsmann mit der Faust auf den Tisch schlug und ärgerlich rief:

„Habt Ihr ihn denn nie gefragt, warum er all das Pfefferkuchenbaumaterial aufisst?"

„Nein", murmelten wieder alle Kobolde gleichzeitig und die Elfen senkten verlegen die Köpfe.

„Und warum hat niemand mit mir darüber gesprochen?", fragte der Weihnachtsmann noch ärgerlicher.

Schweigen.

Frau Holle schob den Stuhl nach hinten und erhob sich resolut.

„Vielleicht hättet Ihr lieber mit ihm reden sollen, anstatt heimlich über ihn zu lachen. Schöne Freunde seid Ihr, schämt Euch." Sie hatte sich zwar selbst gewundert, dass Kurt dieses Jahr keine Eierkuchen zum Abendessen wollte, war aber dann einfach davon ausgegangen, dass sich sein Geschmack im Laufe des Jahres geändert hatte. „Ich gehe ihn suchen und rede mit ihm."

Erleichtert atmeten die Kobolde und Elfen auf und der Weihnachtsmann nickte zustimmend. Frau Holle würde bestimmt alles wieder in Ordnung bringen.

Frau Holle fand den schluchzenden Kurt auf der Eingangstreppe sitzend. Es hatte wieder angefangen zu schneien, und der Kobold sah schon aus, wie ein kleiner Schneemann.

Trotz der Kälte setzte sich Frau Holle neben ihn und legte ihm einen Arm um die Schulter:

„Kurt, Hunger ist doch gar nicht Dein Problem, wie sollte dann Essen eine Lösung sein?"

Erstaunt schaute der kullerrunde Kobold zu ihr auf und wischte sich die Tränen vom Gesicht:

„Woher weißt Du?"

Die alte Frau lächelte.

„Ich habe Augen, um zu sehen, ein Herz um zu fühlen und einen Kopf, um zu denken. Mehr braucht es nicht."

Da schluckte der Kobold. Das alles hatte er auch und trotzdem wusste er nicht weiter. Seufzend lehnte er sich an Frau Holle und fühlte sich in ihrem Arm seit langer Zeit endlich einmal wieder wohl.

Und so fand er auch den Mut zu sagen:

„Und dabei mag ich Pfefferkuchen eigentlich gar nicht."

Da kicherte Frau Holle, und als sie ihm dann noch aufmunternd zunickte, sprudelte die ganze Geschichte aus ihm heraus:

„Weißt Du, ich war doch so stolz, als ich in die Weihnachtsmannstadt berufen wurde. Und meine Familie erst. Was für ein Fest haben sie für mich gegeben. Ich war der erste Kobold aus unserem Clan, dem diese Ehre zuteil wurde. Für den Weihnachtsmann arbeiten, was für eine Freude." Kurt seufzte bei dieser Erinnerung. „Und dann sogar in der Weihnachtsbäckereiwerkstatt. Wie gut es dort duftete. Doch dann bekam ich die Aufgabe zugeteilt, die Pfefferkuchenhäuschen zu bauen." Hier stockte seine Erzählung kurz, als wäre er tief in seiner Erinnerung versunken. Dabei blickte er ganz sorgenvoll auf seine großen Füße. „Damit begann das ganze Unheil. Ich habe es versucht, wirklich", jetzt sah er

Frau Holle aus seinen runden Augen flehentlich an. „Doch ich konnte es nicht. Das erste Häuschen war krumm und schief, und als die Werkstatttür aufging und ein Luftzug hereinkam, fiel es in all seine Einzelteile zusammen. Ich hab's noch mal und noch mal und noch mal probiert. Aber ich bin kein Baumeister, nur ein Kobold. Und ich dachte mir, wenn irgendjemand dieses schiefe, hässliche Häuschen sieht, werden sie mich auslachen. Und schlimmer noch, sie werden mich wegschicken. Diese Schande hätte ich nicht ertragen." Wieder schluchzte Kurt auf und Frau Holle zog ihn ein wenig enger an sich. „Ich hatte solche Angst", flüsterte er. „Dann kam mir die Idee, einfach alles Baumaterial aufzuessen. Wenn keine Pfefferkuchen da waren, konnte ich nichts bauen. So würde ich mich auch nicht blamieren. Und wenn ich mich nicht blamierte, würde ich nicht fortgeschickt werden."

Frau Holle schüttelte den Kopf bei so viel Unverstand. Doch gleichzeitig tat ihr Kurt sehr leid, der keinen anderen, als diesen unsinnigen Ausweg gesehen hatte. Voller Mitgefühl meinte sie:

„Das war richtig harte Arbeit, nicht wahr?"

Kurt nickte wichtig.

„Ja, sehr. Je mehr ich aß, je mehr Pfefferkuchen kamen. Und ich habe sie alle gegessen, bis auf den letzten Krümel. Erst dann habe ich Feierabend gemacht. Und das Verrückteste, im Laufe der Zeit habe ich ganz vergessen, warum ich die Pfefferkuchen überhaupt esse. Ich habe mir irgendwann sogar eingebildet, dass meine Arbeit genau darin besteht. Dann war ich richtig stolz auf mich, alle geschafft zu haben."

Frau Holle nickte. „Ja, Kurt. Nicht nur die Menschen sind gut darin, ihre Probleme zu verdrängen. Auch wir Märchenwesen können das. Aber glücklicher werden wir dadurch nicht, ganz im Gegenteil. Ich denke, es wird Zeit, dass Du Dich Deinem Problem stellst. Nur dann kannst Du eine richtige Lösung finden. Komm!"

Sie stand auf und klopfte sich den Schnee von Schürze und Kleid. Frau Holle widersprach man nicht und so erhob sich auch Kurt zögernd. Nicht nur vor Kälte schlotterten ihm jetzt die Knie. Doch Frau Holle schob ihn an den Schultern vor sich her bis hinein ins Wohnzimmer. Am Ende der langen Tafel, dem Weihnachtsmann genau gegenüber, blieben sie stehen.

Gespannte Gesichter schauten sie an und Kurt wurde ganz rot vor Verlegenheit. Sicher würden sie ihn alle gleich fürchterlich auslachen. Aber das taten sie ja heimlich sowieso bereits. Und so begann er stockend zu erzählen, warum er zum kullerrunden Kobold geworden war.

Nachdem er geendet hatte, blieb es für einen Moment still. Kurt stand mit gesenktem Kopf da und wagte nicht sich zu rühren.

Doch dann begann der Weihnachtsmann plötzlich laut zu klatschen. Und sogleich fielen auch die anderen ein. Der Weihnachtsmann, die Kobolde und sogar die Elfen, alle klatschten in die Hände. Und Frau Holle flüsterte ihm ins Ohr:

„Gut gemacht! Und jetzt brate ich Dir ein paar leckere Eierkuchen."

***

Ein Jahr war ins Land gegangen. Der Weihnachtsmann hatte ihn damals gleich nach dem Heiligen Abend beiseite genommen und erklärt, dass ein jeder eine Arbeit haben sollte, die seinen Talenten entsprach. Und er wollte wissen, welche Beschäftigung Kurt bereits als Koboldkind Freude gemacht hatte.

„Malen", hatte der Kobold ohne zu zögern geantwortet, sich aber sogleich geschämt, weil er sich plötzlich nicht mehr sicher war, ob er das überhaupt richtig konnte.

Doch der Weihnachtsmann hatte gelächelt und „malen" vor sich hingemurmelt.

Kurz darauf begann Kurt in der Holzwerkstatt zu arbeiten.

Hier bemalte er die Holzautos, die Bausteine und Puppenstuben in den schönsten Farben, die er nur finden konnte.

Rund war er zwar immer noch, aber er fühlte sich jetzt viel wohler in seiner Koboldhaut. Und er hatte begriffen, dass es sich lohnte, zu seinen Schwächen zu stehen, da man nur so seine Stärken erkennen konnte.

Jetzt ging er jeden Morgen voller Freude zur Arbeit. Und oft besuchte ihn dort die gelbe Elfe Elfi. Dann fachsimpelten sie eine Weile über Farben und besondere Maltechniken, bevor sich Elfi wieder ihren Puppengesichtern zuwandte.

Die Kobolde hatten sich alle längst bei ihm entschuldigt. Und sie hatten gelernt, bei Unstimmigkeiten miteinander zu reden.

Niemand nannte ihn jetzt mehr Kullerko, sondern alle, voller Achtung, Kurt, den Maler.

Kurts alten Posten hatte Pauli übernommen. Der kleine braune Kobold war noch nicht lange in der Winterweihnachtswelt, doch er baute die schönsten Pfefferkuchenhäuschen, die man sich nur vorstellen konnte. Auch einige andere Kobolde hatten ihre Arbeit gewechselt. Für eine Weile brachte das zwar eine Menge Unruhe, doch inzwischen gingen alle mit noch mehr Freude ans Werk und die Resultate konnten sich wahrlich sehen lassen. Das gefiel natürlich ganz besonders dem Weihnachtsmann, der für heute Abend wieder zum großen Weihnachtsessen geladen hatte. Kurt freute sich schon darauf, war er doch sicher, dass er dieses Mal seine geliebten Eierkuchen bekommen würde.

Und noch freudiger erwartete er die wohlverdienten Weihnachtsferien. Denn dann würde er endlich viel Zeit haben, um mit Elfi im schneeverwehten Winterwäldchen, spazieren zu gehen. Kurts Herz schlug allein bei ihrem Anblick schon schneller und die anderen Elfen behaupteten gesehen zu haben, dass auch die kleine, gelbe Elfe den Kobold verliebt angeschaut hatte. Aber das ist dann wieder eine ganz andere Geschichte ...

Noch mehr weihnachtliche Geschichten gibt es
in meinem Buch:
Weihnachtsengel Inkognito
Weihnachtliche Geschichten rund ums Fest

Nicht immer ist es einfach, seinen Träumen treu zu bleiben. Manchmal stehen wir, mit all unseren Zweifeln und Ängsten, dem Glück selbst im Wege. Dann kann es sehr hilfreich sein, auf unsere innere Stimme zu hören.

Die leisen Töne

„Tue es nicht", mahnt der Verstand.
„Ich kann nicht anders", flüstert das Herz.

„Er ist zu jung für Dich", ruft der Verstand.
„Ich bin glücklich mit ihm", wispert das Herz.

„Sie werden Dich auslachen", droht der Verstand.
„Er bringt meine Seele zum Lächeln",
haucht das Herz.

„Du machst Dein Leben kaputt", brüllt der
Verstand.
„Mein Leben beginnt soeben", antwortet das Herz.

„Du wirst es bereuen", schreit der Verstand.
„Nicht der Lauteste hat recht", lächelt das Herz –
und wendet sich leise der Liebe zu ...

Träumen nicht die meisten Menschen von der gro-
ßen Liebe? Von einer Liebe, die ein Leben lang hält.

Die Frau im Spiegel

- In Erinnerung an meine Eltern -

Die Frühlingssonne zauberte Lichttupfer an die
Zimmerwand. Marie stand vor dem großen Schlaf-
zimmerspiegel und kämmte ihr Haar. Mit jedem
Bürstenstrich spürte sie, wie die Aufregung nachließ
und Ruhe in ihr einkehrte.
Bald würde der Trubel beginnen, doch es war gut,
diese paar Momente noch ganz für sich zu haben.
Lächelnd betrachtete sie ihr Gesicht. Die Jahre waren nicht spurlos an ihr vorbeigegangen. Doch sie
war immer noch eine attraktive Frau, auch wenn sie
solche Komplimente nicht gerne hörte. Die kleinen
Fältchen hatte sie längst als einen Teil ihres Selbst
akzeptiert, sie war schlank und ihre Augen leuchte-
ten wie eh und je.
Genau in diesem Moment fand ein vorwitziger Son-
nenstrahl seinen Weg direkt in den Spiegel und ließ
ihr Gesicht erstrahlen. Und auf einmal war es ihr so,
als verschwimme Zeit und Raum, und vor sich sah
sie die junge Frau im blauen Kleid, die sie einmal
gewesen war ...

„Darf ich bitten?" Der junge Mann verbeugte sich galant und bot ihr seinen Arm.

Überrascht nickte sie und schüchtern ließ sie sich von ihm zur Tanzfläche leiten. Die Takte des Schlagers klangen vertraut an ihr Ohr. Doch verkrampft, wie sie war, bemühte sie sich die ganze Zeit nur, nichts falsch zu machen. Dabei war er ein guter Tänzer und hielt sie mühelos.

Dann war das Lied auch schon zu Ende und die Kapelle machte eine Pause. Er führte sie zurück an ihren Platz und verabschiedete sich mit einer Verbeugung.

Bevor sie überhaupt richtig zur Besinnung gekommen war, stürzten schon ihre Freundinnen auf sie zu. Wie immer wollte Heide es ganz genau wissen.

„Marie, erzähl schon, wie heißt er? Wo wohnt er? Ist er älter als Du? Werdet Ihr Euch wiedersehen?"

Sie zuckte nur mit den Schultern und ließ ihre Freundinnen reden. Sie wusste ja selbst nicht einmal, ob sie nun erleichtert oder enttäuscht sein sollte. Erleichtert, dass der Tanz vorbei war, ohne dass sie gestolpert oder ihm auf den Fuß getreten war. Enttäuscht, weil sie nicht einmal seinen Namen wusste und er genauso schnell wieder verschwunden, wie er aufgetaucht war.

Doch da war die Pause schon vorüber und die Kapelle griff erneut zu ihren Instrumenten.

„Damenwahl", ertönte es.

Heide klatschte begeistert in die Hände und sprang, wie von der Tarantel gestochen, von ihrem Stuhl.

„Komm schon", rief sie ihr nur noch über die Schulter zu und stürmte zum Nebentisch, um sich einen ihrer Traummänner zu greifen. Heide war da nicht besonders wählerisch, nur groß und schlank musste er sein. Möglicherweise zogen sich Gegensätze ja wirklich an.

Zögernd stand Marie neben ihrem Stuhl. Wen sollte sie denn nur auffordern? Sie kannte doch hier niemanden.

Doch als wäre ihr Flehen erhört worden, entdeckte sie in diesem Augenblick ihren Cousin Erwin. Sie wohnten beide in derselben Straße und waren seit Kindertagen eng miteinander befreundet. Ja, Erwin würde ganz sicher mit ihr tanzen.

Den Blick nur auf Erwin fixiert, strebte sie schnurstracks auf die Gruppe junger Männer zu, zu denen Erwin sich gesellt hatte. Doch just im Moment, als sie fast vor ihm stand, tauchte eine andere junge Frau auf und griff flink nach Erwins Hand. Ihrem Cousin blieb nichts weiter übrig, als Marie nur kurz zuzunicken und auf die Tanzfläche zu entschwinden.

Marie stand mit gesenktem Kopf da wie ein begossener Pudel, lief knallrot an und wollte schon auf dem Absatz kehrtmachen. Da spürte sie eine Hand auf ihrem Arm. Erstaunt schaute sie auf und blickte genau in die Augen ihres fremden Tänzers. In ihrer Aufregung hatte sie ihn völlig übersehen, obwohl er nur ein paar Schritte entfernt gestanden hatte.

„Schön, dass Sie mich auffordern wollten", meinte er lächelnd und rettete sie so galant aus der peinlichen Situation. „Ich fand unseren Tanz vorhin auch viel zu kurz. Ach, entschuldigen Sie, ich habe mich noch gar nicht vorgestellt, mein Name ist Walter."

„Marie", hauchte sie zurück und ließ sich von ihm erneut auf die Tanzfläche führen. Dabei schaute sie unauffällig an ihrem Tanzpartner empor, der ein ganzes Stück größer war als sie selbst. Wirklich gut sah er aus in seinem grauen Anzug, schlank und dunkelhaarig. Sie spürte, wie ihr Herz bei diesen Gedanken schneller schlug.

Der Rest des Abends gehörte nur ihnen beiden. Walter ließ sie nicht mehr los und ihre Unsicherheit verschwand bald in diesem Taumel aus Musik und Glück, der sie gemeinsam über das Parkett schweben ließ.

„Bella, bella Marie", klang ihr der Refrain der Capri-Fischer noch lange in den Ohren ...

Die Tür hatte sich geöffnet und die Musik aus dem Erdgeschoss drang bis zu ihr hinauf. Da war es wieder dieses „Bella Marie ...".

Die Bilder der Vergangenheit verblassten und sie sah sich wieder deutlich vor ihrem Spiegel stehen. Irritiert rieb sie sich die Augen.

Walter war hereinkommen und mit ihm die Musik.

„Schatz, bist Du soweit? Die ersten Gäste sind schon da."

Während er hinter sie trat und die Arme um sie legte, hatte sie für einen Moment das Gefühl, als würden Vergangenheit und Gegenwart eins werden und sie wären wieder dieses Paar an ihrem ersten gemeinsamen Abend. Damals, als ihre Geschichte begann.

„Walter, weißt Du noch, als wir uns zum ersten Mal begegnet sind?"

„Natürlich, wie könnte ich das vergessen. Hör nur, da spielt gerade unser Lied", antwortete er und pfiff ein paar Takte mit. Auch sein Lächeln hatte sich nicht verändert.

„Wo sind nur die Jahre geblieben. Dabei kommt es mir vor, als wäre es gestern gewesen", meinte sie, in Erinnerung an ihre kleine Zeitreise.

Ihr Mann nickte:

„Ja, und Du bist noch genau so schön wie damals."

Sie wehrte verlegen ab.

Doch er ließ sich nicht davon abbringen.

„Marie, für mich warst, bist und wirst Du immer die Schönste sein. Weil ich Dich liebe."

Bei seinen Worten war ihr ganz warm ums Herz geworden. So wie damals nahm sie seinen Arm und ließ sich aus dem Zimmer führen.

Es wurde wirklich Zeit, dass sie ihre Gäste begrüßten. Immerhin wurde sie ja nicht jeden Tag 70 Jahre alt!

„Das einzig Wichtige im Leben
sind die Spuren der Liebe,
die wir hinterlassen, wenn wir gehen."
(Albert Schweitzer)

Wie viele Jahre eine Liebe auch währt, irgendwann kommt für jeden Menschen der Zeitpunkt, Abschied zu nehmen. Was bleibt, ist die Erinnerung und der Traum von einem Wiedersehen.

Antonia und der Taschenkobold

Es war an einem dieser lauen Sommerabende, an denen die Luft sanft ist wie Seide und es überhaupt nicht dunkel werden wollte, sodass weder Mensch noch Tier schlafen gehen mochten. Antonia spazierte in Gedanken versunken durch den kleinen Zauberwald, wie Tante Isolde das Wäldchen hinter ihrem Gehöft scherzhaft nannte.

Vor zwei Stunden waren sie angekommen, Antonia und ihre Mutter. Schon die Fahrt hatte sich schier endlos in die Länge gezogen und war für das Mädchen gähnend langweilig gewesen. Sie waren gleich nach dem Frühstück aufgebrochen und den ganzen Tag unterwegs. Ihre Mutter, schweigsam wie schon die letzten Wochen, hatte auch heute kaum ein Wort mit ihrer Tochter gesprochen. Irgendwie, so fand Antonia, fühlte sich alles gerade völlig verkehrt an. Das Verhalten ihrer Mutter, diese lange eintönige Autofahrt und erst recht das Hiersein an so einem öden, verlassenen Ort, wo nur noch, fern ab jeglicher Zivilisation, ihre alte Patentante wohnte. Was sollte sie hier? Eigentlich war doch geplant, dass sie in diesen Ferien mit ihren Eltern an die Ostsee fuhr. Ihr Vater hatte es ganz fest versprochen. Sandburgen bauen, in den Wellen toben und riesengroße Portionen Eis essen, so war es abgemacht. Genau wie damals, als sie noch klein gewesen war. Antonia konnte sich noch ganz genau an diesen wunderschönen Urlaub erinnern. Abends, wenn sie müde und zu faul zum Laufen gewesen war, hatte ihr Vater sie einfach wie einen nassen Sack über seine Schulter geworfen und zum Bungalow getragen. Und sie hatte dabei vor lauter Lachen Bauchschmerzen gekriegt.

Als ihr bewusst wurde, dass diese schönen Zeiten unwiderruflich vorbei waren, kamen ihr die Tränen und begannen, so sehr sie sich auch bemühte nicht zu weinen, über ihre Wangen zu laufen. Das war einfach alles so ungerecht! Er fehlte ihr doch so furchtbar! Sie wollte wieder mit ihm lachen, reden, Fußball spielen, in den Kirschbaum klettern. Sogar um Rat bei ihren Hausaufgaben hätte sie ihn jetzt gerne gefragt. Aber nichts davon war mehr möglich. Nichts davon würde je wieder möglich sein!

Das Mädchen schluchzte und suchte verzweifelt in den Taschen ihres Sommerkleides nach einem Taschentuch. Erfolglos. Wenn ihre Mutter sie so sähe. Dabei hatte Mama noch vorhin zur Tante gesagt, wie tapfer ihre Kleine doch sei. Antonia hatte es zufällig gehört und sich geschämt. Von wegen tapfer! Sie war nicht tapfer. Sie wollte es auch gar nicht sein. Alles, was sie wollte, war ihren Vater zurück. Und aufhören zu heulen natürlich. Immerhin war sie schon groß. Ihre Mutter weinte ja auch nicht, zumindest hatte sie es noch nie gesehen.

Ärgerlich über sich selbst, wischte sie die Tränen an ihrem Ärmel ab und trat mit voller Wucht gegen einen faustgroßen grauen Stein zu ihren Füßen.

Der Stein segelte in hohem Bogen durch die Luft und landete klatschend in einem kleinen Tümpel am Rande des Weges. Was für ein Schuss! Antonia atmete tief durch. Das hatte gut getan!

Gerade wollte sie weitergehen, da erklang plötzlich ein dünnes, aufgeregtes Stimmchen:

„Bist Du denn verrückt geworden? Willst Du mich umbringen? Habe ich Dir etwas getan, Du ungezogenes Menschenkind?"

Antonia zuckte zusammen. Was war das denn? Da schimpfte jemand. Sie drehte sich nach allen Seiten um, schaute den Weg entlang nach rechts und links, nach oben und unten, aber nirgends war jemand zu sehen. Nur in der Ferne schimmerte Tante Isoldes Haus durch die Bäume, doch das war viel zu weit weg, als dass man von dort Stimmen gehört hätte.

„Hier! Hier! Hier bin ich. Nun hilf mir schon."

Und dann planschte und prustete es, als würde sogleich ein Walross auftauchen. Entgeistert starrte Antonia in den kleinen Tümpel, den sie zuvor nicht weiter beachtet hatte, und erblickte dort zu ihrem Erstaunen eine kleine, graue Gestalt, die mit Händen und Füßen ruderte. Und diese kleine Person rief jetzt außerordentlich ärgerlich:

„Nun mach schon. Zieh mich hier raus. Du dummes Kind, Kobolde können nicht schwimmen. Hast Du denn gar nichts in der Schule gelernt."

Obwohl Antonia völlig perplex war, verteidigte sie sich.

„Kobolde? Wir lernen in der Schule nichts über Kobolde."

Doch für Diskussionen blieb jetzt keine Zeit, denn
der kleine Kerl hielt sich kaum noch über Wasser.
Gluckernd tauchte er immer wieder bis zur Nasen-
spitze unter, und dann war für eine Weile nur noch
die graue Zipfelmütze zu sehen. Panisch suchte Antonia am Wegesrand nach einem langen Zweig. Zum
Glück wurde sie schnell fündig. In dem Moment, als
der Kobold gerade wieder einmal hustend auftauchte, streckte sie ihm schnell den Ast entgegen.

„Los, halt Dich fest. Ich hol Dich raus."

Wie befohlen klammerten sich seine kleinen Händ-
chen an den Zweig und Antonia konnte das triefnas-
se Männchen ans sichere Land ziehen. Dort lag es
dann eine Weile schwer atmend im Gras und sagte
keinen Ton. Das Mädchen stand ängstlich daneben.

„Geht's Dir gut?", fragte sie nach einer Weile vorsichtig.

Er öffnete ein Auge, schaute sie an und nieste dann
so laut, dass sie vor Schreck zusammenzuckte.

„Gut? Hättest Du mich nicht ins Wasser geworfen,
würde es mir bedeutend besser gehen."

„Ich?" Antonia war empört über diese böse Unter-
stellung. „Ich kenne Dich doch gar nicht. Weshalb
sollte ich Dich dann ins Wasser werfen?"

„Eben drum. Das frage ich mich auch. Ich habe Dir
nichts getan. Gar nichts getan habe ich Dir. Ich habe
überhaupt niemandem etwas getan. Doch Du trittst
mich und dann lässt Du mich auch fast noch ertrin-
ken."

Bei diesen Worten erhob sich der kleine graue Kerl
und schüttelte sich die Feuchtigkeit aus den Klei-

dern. Antonia schaute sich ihren neuen Bekannten genauer an. Wäre da nicht sein erboster Gesichtsausdruck gewesen, hätte er fast niedlich ausgesehen, in seinem grauen Anzug, der grauen Zipfelmütze und den kleinen grauen Stiefelchen, aus denen jetzt allerdings Algen heraushingen. Was auch dem Kobold aufgefallen sein musste, denn er zog einen Stiefel nach dem anderen aus, um das Wasser auszuschütten. Als aus dem linken Stiefel neben einem Schwall Tümpelwasser auch ein kleiner Fisch fiel, guckte der Kobold ganz irritiert erst den Fisch, dann Antonia an. Und plötzlich verzog sich sein Gesicht ganz eigenartig. Das Mädchen erschrak und dachte, der Kleine würde, nach dem erlittenen Schock, anfangen zu weinen. Noch mehr Tränen konnte sie heute aber wirklich nicht gebrauchen und deshalb bückte sie sich rasch, hob das Fischchen auf und warf es zurück in den Teich.

„So, alles in Ordnung."

Als sie dann aber den Kobold ansah, waren da überhaupt keine Tränen zu sehen. Ganz im Gegenteil, der Kleine weinte nicht. Nein, er lachte. Tatsächlich, er lachte! Erst lautlos, dann fing er ganz albern an zu kichern und dann lachte und prustete er aus vollem Hals, dass sich sein ganzer nasser Körper nur so schüttelte vor lauter Gelächter.

Antonia wusste nun gar nicht mehr, was sie von diesem komischen Gesellen halten sollte. Stand er unter Schock? Oder hatte er sich irgendwo den Kopf angeschlagen? Sollte sie zu ihrer Mutter und Tante rennen, damit diese sich um einen Arzt kümmern konnten? Aber welcher Arzt behandelte denn einen Kobold?

Gerade als sie sich auf den Weg zum Haus machen wollte, hörte der Kobold auf zu lachen und fragte:

„Du hast es also wirklich geglaubt?"

„Was habe ich geglaubt?" Antonia verstand kein Wort.

„Dass ich fast ertrunken wäre." Das graue Männchen lachte schon wieder.

„Bist Du denn nicht?", fragte das Mädchen verständnislos.

„Nein, natürlich nicht. Kobolde können schwimmen. Und ich bin so etwas wie der Koboldschwimmweltmeister", kicherte er.

„Angeber!"

„Heulsuse!"

Antonia holte tief Luft. Hatte er sie etwa vorhin beim Weinen beobachtet?

„Lügner!", konterte sie, doch schon wieder kamen ihr die Tränen und sie ärgerte sich darüber.

Der kleine Kerl bemerkte es.

„Entschuldige", murmelte er jetzt sichtlich kleinlaut. „Ich habe nicht gelogen. Nur ein kleines bisschen geflunkert. Und ich wollte Dich auch nicht ärgern. Ich bin übrigens Leopold Kopernikus Niklas der Fünfte."

„Wer?" Antonia starrte den Kleinen an. Wie konnte man nur so viele Namen haben?

„Ach vergiss es, Du darfst einfach Poldi zu mir sagen. Auch wenn es wirklich nicht nett von Dir war, dass Du mich vorhin getreten hast."

Das Mädchen verstand nicht. Sie und ihn treten? Niemals im Leben würde sie irgendeinem Wesen absichtlich wehtun. Sie konnte doch keiner Fliege etwas zuleide tun, und erst recht keinem Kobold, so frech er auch sein mochte.

„Der Stein, erinnerst Du Dich immer noch nicht?", murrte Poldi ungeduldig. Menschen waren manchmal so schwer von Begriff.

Der Stein? Bevor Antonia weiter darüber nachdenken konnte, was Poldi gemeint haben könnte, hüpfte der kleine Kobold in die Luft, zog sich dabei die Mütze übers Gesicht und drehte sich wie ein Brummkreisel so geschwind im Kreis, dass es Antonia ganz schwindelig wurde. Alles verschwamm vor ihren Augen zu einem grauen Wirbel und plötzlich machte es plumps und zu ihren Füßen lag ein faustgroßer Stein.

Antonia starrte den Stein an. Wo war der Kobold hin? Und wo kam der Stein her? Sie bückte sich, um nach ihm zu greifen, da begann auch der Stein sich wie von Geisterhand zu drehen, bis erneut ein grauer Wirbel vor ihren Augen auftauchte. Immer schneller und schneller. In Antonias Kopf drehte sich auch alles und plumps saß sie im Gras. Und direkt vor ihr stand wieder der Kobold und schüttelte sich. „Brrrrrrrrrrrr."

„Na, verstehst Du jetzt?", fragte er dann breit grinsend.

Antonia staunte mit offenem Mund. Doch dann nickte sie.

„Du kannst Dich verwandeln?"

„Stimmt", erwiderte Poldi stolz.

Das Mädchen war beeindruckt.

„In alles, was Du möchtest?"

Der Kobold knurrte. „Schön wäre es. Aber ich bin ja kein Zauberer, sondern ein Taschenkobold. Ich kann nur die Gestalt eines Steins annehmen. Ohne diese Möglichkeit würden wir Kobolde in der Welt der Menschen wohl nicht überleben. Na ja, manchmal reicht nicht mal mehr das, wie man sieht."

Und dann rieb er sich theatralisch sein Hinterteil. Das sah allerdings so übertrieben und komisch aus, dass Antonia lachen musste. Kichernd meinte sie: „Entschuldige, ich wollte Dich nicht treten."

Doch Poldi grinste.

„Schon okay." Um dann ganz begeistert hinzuzufügen: „Oh, Mann, das war ein Flug!"

Sie schauten sich an und prusteten dann gleichzeitig los. Antonia konnte gar nicht wieder aufhören zu lachen und die Tränen rollten ihr, zum zweiten Mal an diesem Tag, über die Wangen. Allerdings dieses Mal verbunden mit einem ganz anderen Gefühl. Erstaunt bemerkte sie, dass der kleine Kerl sie tatsächlich zum Lachen gebracht hatte. Lachen, das erste Mal seit langer Zeit. Und es tat so gut!

„Lass uns ein Stück spazieren gehen", meinte Poldi. Antonia nickte. Sie war froh nicht mehr allein zu sein, und erleichtert, noch nicht ins Haus zu ihrer traurigen Mutter und Tante zurückkehren zu müssen.

Eine Weile liefen sie schweigend nebeneinander her, dann siegte Antonias Neugier. Immerhin begegnete man nicht jedem Tag einem Kobold.

„Wieso heißt Du eigentlich Taschenkobold?"

Poldi schaute zu ihr hinauf.

„Na, weil ich in jede Tasche passe. Hast Du keine klügeren Fragen? Du unterforderst mich."

„Angeber", sagte Antonia wieder, aber der Kobold überhörte es wohlwollend.

„Gibt es noch mehr wie Dich?" Hoffentlich war diese Frage klug genug für dieses neunmalkluge Kerlchen. Es schien so, denn er antwortete diesmal begeistert: „Klar! Unzählige! Hunderte, Tausende, Millionen. Kobolde gibt es so viele, wie es Sterne am Himmel oder Sandkörner am Meer gibt."

Antonia holte gerade Luft, um entsprechend dieser, ihrer Meinung nach, erneuten Übertreibung zu antworten, da versicherte der Kobold ganz aufgeregt: „Das ist keine Angeberei. Wirklich, das ist die Wahrheit!"

Das Mädchen nickte. Nun gut, dann wollte sie ihm mal glauben. Und plötzlich ging ihr ein regelrechtes Licht auf.

„Sind etwa alle Steine verwandelte Kobolde?"

„Nicht alle, aber viele. Und nicht nur die Steine, auch die Felsen. Aber mit denen ist nicht zu spaßen. Pass lieber auf, wen Du beim nächsten Mal trittst."

Antonia nickte und schämte sich, dass sie vorhin so unbeherrscht gewesen war.

„Mach Dir keine Gedanken. Du bist nur ein Mensch, Du konntest es ja nicht wissen."

Jetzt verstand das Mädchen die Welt nicht mehr.

„Kannst Du etwa meine Gedanken lesen?"

„Natürlich! Nicht nur Deine. Die von jedem Menschen. Eine meiner leichtesten Übungen." Und bevor Antonia antworten konnte, was ihr auf der Zunge lag, sagte Poldi mit hochgezogenen Augenbrauen: „Und nenn mich nicht Angeber." Da mussten sie beide wieder lachen.

Sie kamen auf eine kleine Lichtung, an deren Rand, unter einer großen Tanne, eine Bank stand. Es war inzwischen dämmrig geworden. Der Kobold wies hinüber.

„Komm, lass uns da hinsetzen, wir haben nicht mehr viel Zeit."

Antonia wunderte sich über seine Eile. Ihr selbst war es völlig egal, wie spät es schon sein mochte, und ihre Mutter hatte zurzeit andere Sorgen, als darauf zu achten, ihre Tochter rechtzeitig schlafen zu schicken. Die letzten Wochen war Antonia dadurch zu einer regelrechten Nachtschwärmerin geworden. Aber wer weiß, vielleicht mussten ja kleine Kobolde pünktlich ins Bett? Das traute sie sich allerdings nicht zu fragen, um sich nicht wieder eine Rüge wegen dummer Fragen einzuhandeln.

Sie gingen gemeinsam hinüber zur Bank. Antonia setzte sich, doch Poldi blieb neben ihren Füßen stehen, legte den Kopf in den Nacken und winkte der alten Tanne zu, deren Zweige bis über ihre Köpfe ragten.

„Eine gute Bekannte" meinte er, als er Antonias fragenden Blick bemerkte, um dann mit forderndem Gesichtsausdruck hinzuzufügen:

„Und ich? Los, heb mich schon hoch."

Das Mädchen tat wie ihr geheißen. Ganz vorsichtig fasste sie das graue Männchen mit beiden Händen um die Hüfte und hob es neben sich auf die Bank. Der Kobold machte es sich mit übereinandergeschlagenen Beinchen bequem und kicherte:

„Schon wieder angeführt. Natürlich kann ich das auch allein!"

Kaum ausgesprochen, machte er einen Satz und landete auf der Erde. Und noch einen Sprung und schon saß er wieder neben Antonia.

„Na, immer noch Angeber?"

Sie schüttelte den Kopf. „Ich bin beeindruckt."

Poldi nickte stolz. „Das darfst Du auch sein." Dann schaute er zum Himmel. „Die Zeit drängt."

Antonia nervte diese Drängelei nun doch und so fragte sie:

„Warum hast Du es denn so eilig. Hast Du heute noch etwas vor?"

Ihr neuer Freund schüttelte den Kopf.

„Das nicht, aber bald verschwinde ich wieder. Zumindest für Dich. Und dann kann ich Dir nicht mehr sagen, was ich zu sagen habe."

„Wie?" Antonia verstand nicht. Flunkerte der Kleine etwa schon wieder?

Der Kobold seufzte. War das Mädchen begriffsstutzig. Und dann all diese Zweifel. Aber das war ja normal bei den Menschen. Sobald sie etwas mit ihrem begrenzten Horizont nicht verstanden, fingen sie an zu zweifeln. Da bildete leider auch dieses Mädchen keine Ausnahme, auch wenn es sonst eigentlich recht sympathisch war.

„Also hör gut zu", fing er ein wenig oberlehrerhaft an zu erklären. „Dass Du mich sehen und hören kannst, hast Du dem glücklichen Umstand zu verdanken, dass wir heute die Sommersonnenwende haben. Das ist der Zeitpunkt im Jahr, an dem die Nacht am kürzesten und der Tag am längsten ist."

Antonia staunte. Jetzt wusste sie, warum es heute hatte überhaupt nicht dunkel werden wollen.

„Nur dann nämlich werden wir Kobolde für die Menschen sichtbar. Und auch nur für kurze Zeit. Und auch nur an ganz besonderen magischen Orten, wie es dieser Wald einer ist. Doch selbst dann geben wir uns nur wenigen Menschen zu erkennen und so halten die meisten uns weiterhin nur für leblose, langweilige Steine. Das ist auch gut so und unser bester Schutz. Du gehörst jetzt zu den auserwählten Menschen, die es besser wissen. Aber Du musst mir versprechen, dass Du es niemandem weitererzählst."

Das Mädchen erwiderte ernst:

„Ja, natürlich. Das verspreche ich Dir. Aber warum darf ausgerechnet ich Dich sehen?"

„Weil Du meine Hilfe brauchst!" Für den Kobold war das die natürlichste Sache der Welt.

„Ich?" Antonia kam aus dem Staunen nicht mehr heraus. Schon lange hielt sie diesen kleinen Kerl nicht mehr für einen Angeber und wartete jetzt gespannt, was er wohl damit meinen könnte.

„Ja, Du! Ich habe eine wichtige Botschaft für Dich."

„Eine Botschaft?"

„Ja, eine Botschaft! Und zwar von dem Menschen, den Du am meisten vermisst."

Antonia schluckte. Sie wusste, wer ihr gerade am meisten fehlte. Aber das konnte doch nicht sein? Oder doch, wenn der Kobold tatsächlich all ihre Gedanken las?

„Von meinem Papi?", flüsterte sie ganz zaghaft.

Poldi nickte ernst.

„Ja, genau von ihm." Und dann hüstelte der Kobold auf eine ganz eigene, eigentlich unnachahmliche Art, wie Antonia sie nur von ihrem Vater kannte. So hatte er immer im Spaß gehustet, wenn er sich bei dem Geschnatter seiner beiden Mädels, wie er sie und ihre Mutter nannte, Gehör verschaffen wollte.

Das Mädchen starrte den kleinen Kerl mit offenem Mund an.

„Glaubst Du mir jetzt? Gut! Dein Vater lässt Dir nämlich ausrichten, dass Du nicht mehr so traurig sein sollst. Es geht ihm gut, dort wo er jetzt ist. Du bist noch zu klein, um alles zu verstehen. Das kommt später. Aber er wünscht sich, dass Du Dein Leben genießt, wieder Spaß hast mit Deinen Freundinnen und Dich nicht mehr so oft in Deinem Zimmer verkriechst. Und Du sollst auch keine Angst haben, er ist bei Dir und beschützt Dich. Immer!"

Antonia hörte staunend zu.

„Wirklich Poldi? Das hat alles mein Papa gesagt?"

„Ja, wirklich, kleines Mädchen."

Kleines Mädchen! So hatte ihr Vater sie immer genannt. Selbst dann noch, als sie, wie sie fand, viel zu groß dafür war.

„Bist Du ihm denn begegnet?"

Poldi nickte still.

„Und warum kann ich ihn dann nicht selbst sehen?" Antonia schaute ratlos.

„Das kannst Du doch. Schließ nur Deine Augen und denk an ihn."

Das stimmte! Genau so hatte sie es vorm Einschlafen schon öfter gemacht.

„Und warum sagt er mir das nicht alles selbst?" Antonia war immer noch skeptisch.

„Das hat er versucht. Unzählige Male. Aber er konnte in Deiner Traurigkeit nicht zu Dir durchdringen. Und wenn es ihm doch mal gelungen war, hast Du seine Worte als Einbildung abgetan."

Auch das war wahr. Antonia erinnerte sich ganz genau, wie sie manchmal meinte, die Stimme ihres

Vaters zu hören, und es dann schnell als Spinnerei abgetan hatte.

„Du kannst jederzeit mit ihm reden. Wenn Du eine Frage hast, dann frag. Er wird Dir antworten. Vielleicht nicht immer sofort, aber seine Antwort wird Dich erreichen. Du musst nur ganz still sein und vertrauen. Er ist immer bei Dir. Nicht mehr so wie früher, aber er ist da!"

Antonia schimmerten wieder Tränen in den Augen. Aber neben aller Traurigkeit fühlte sie sich plötzlich auch ganz eigenartig erleichtert. Und glücklich!

„Ach, Papi", seufzte sie. Und dann: „Danke, Poldi."

„Gern geschehen, Antonia."

„Du weißt meinen Namen?"

„Natürlich, kleines Mädchen. Wir sind uns nicht zufällig begegnet. Niemand begegnet sich je zufällig. Jede Begegnung ist entweder ein Geschenk oder eine Lehre. Merk Dir das gut. Doch jetzt muss ich gleich wieder verschwinden. Leb Dein Leben und vergiss mich nicht. Eines fernen Tages werden wir uns wiedersehen. Dann, wenn der Tag am längsten und die Nacht am kürzesten ist. Und bis dahin denke daran, die ganze Welt ist voller Wunder und Geheimnisse. Du musst nur Augen und Ohren offenhalten und ganz genau achtgeben, um diese zu entdecken."

Das Mädchen wusste darauf keine Antwort. So saßen sie beide eine Weile schweigend und schauten in den Himmel. Ein erster heller Stern war zu sehen und das blinkende Licht eines Flugzeugs zog vorüber.

„Schau, ein Geschwindstern", rief Poldi.

„Das ist ein Flugzeug", entgegnete das Mädchen und war froh, dass der Kobold doch nicht alles wusste. Doch als sie sich dann ihrem neuen Freund zuwenden wollte, war neben ihr kein Kobold mehr zu sehen, sondern nur noch ein rasend schneller grauer Wirbel. Und im nächsten Moment machte es plumps und vor Antonias Füßen lag wieder der graue Stein. Sie hob ihn auf und betrachtete ihn von allen Seiten. Ein ganz normaler Stein. Unglaublich! Für einen Augenblick war sie versucht, ihn einzustecken, doch dann legte sie ihn behutsam zurück ins Gras.

Wie hätte sie ihren neuen Freund auch von seinem Zuhause wegbringen können. Hier gehörte er her. Hier war seine Welt.

Inzwischen war es stockdunkel. So allein, ohne Poldi, bekam Antonia plötzlich Angst. Furchtsam lauschte sie auf die Geräusche des Waldes und fragte sich, wie sie im Dunkeln den Rückweg finden sollte. Doch da war es ihr auf einmal, als flüsterte leise der Wind in ihrem Haar und dann hörte sie ganz deutlich die vertraute Stimme ihres Vaters: Schlafenszeit, mein kleines Mädchen.

Papi? Gerade wollte sie sich umsehen, da ertönte aus der entgegengesetzten Richtung eine viel lautere, ganz aufgeregte Stimme.

„Antonia! Antonia! Wo bist Du?"

Das Mädchen sprang erleichtert auf.

„Mami? Hier Mami! Hier!"

Ihre Mutter erschien am Rande der Lichtung.

„Antonia?" Sie rannten aufeinander zu und ihre Mutter nahm sie erleichtert in die Arme. „Meine

Toni, da bist Du ja. Kind, ich habe mir solche Sorgen gemacht. Wo warst Du nur? Geht es Dir gut?"
Ihre Mutter hatte tatsächlich Tränen in den Augen.
„Ja, Mami. Alles in Ordnung."
Auch ihre Tante trat jetzt zu ihnen. Verschwörerisch blinzelte sie Antonia zu. Und während sie sich auf den Rückweg machten, flüsterte Tante Isolde:
„Eine ganz besondere, verzauberte Nacht, nicht wahr?"
Das Mädchen nickte. Jetzt wusste sie, warum ihre Tante das Wäldchen Zauberwald nannte. Und noch eines hatte sie in dieser Nacht gelernt: Einen geliebten Menschen kann man nie verlieren. Niemals!

„Fantasie ist wichtiger als Wissen,
denn Wissen ist begrenzt."
(Albert Einstein)

Die nächste Geschichte beschreibt meine Erlebnisse während der Zeit der Grenzöffnung vor über 30 Jahren. Plötzlich war der Weg in den „Westen" frei. Eine Tatsache, die für mich bis dahin unvorstellbar gewesen war.

Träume kennen keine Grenzen

Als ich ein Teenager war, oder, wie wir damals sagten, ein Jugendlicher, saß ich oft stundenlang vor meinem Kassettenrekorder, um im „Westradio" den einen oder anderen Titel nach meinem Geschmack zu erhaschen. Welch eine Freude, wenn in der „NDR2-Plattenkiste" ein Lied von Udo Lindenberg, Marius Müller-Westernhagen oder Neil Young gesendet wurde, was für ein Ärger, wenn die Verkehrsnachrichten ein solches abrupt beendeten. Schallplatten waren damals, in der DDR, Raritäten, CD's gab es noch nicht, dafür gingen selbst aufgenommene Kassetten von Hand zu Hand. Mit denkbar schlechter Qualität, aber trotzdem zur Freude aller Beteiligten.

Mein Traum war es, einmal in einem westdeutschen Plattenladen in aller Ruhe zu stöbern und dann mit einem Album von Udo Lindenberg nach Hause zu fahren. Leider kein spektakulärer, weltverändernder Traum. Nur eine kleine, ganz persönliche Sehnsucht. Zum Glück hatten andere Menschen größere Träume. Träume, die letztlich Grenzen überwunden haben ...

Im Rückblick betrachtet, wundert es mich, mit welcher Selbstverständlichkeit ich damals die Grenze zwischen Ost und West betrachtet habe. War es die jahrelange Erziehung in der Schule oder lag es einfach daran, dass ich in diesem Lebensabschnitt viel mehr mit mir selbst beschäftigt war? Ich erinnere mich noch an einen abendlichen Ausflug mit einem Freund. Wir erkundeten auf seinem Motorrad die Gegend und hielten auf einem Hügel an, um hinüber zu den Lichtern im Westen zu blicken. Ein fernes, für uns damals unerreichbares Land, obwohl uns doch nur ein paar Kilometer trennten. Das eigenartige Gefühl hinüber zu sehen, aber nicht hinüber zu dürfen, verdrängten wir schnell. Wir kannten niemanden dort „drüben" und konnten so auch keinen vermissen.

Dann kam das Jahr 1989, und die ganze Welt geriet in Aufruhr. In den Sommermonaten wurde die Tagesschau plötzlich spannender als jeder Krimi. Staunend sahen wir Bilder vom Abbau der ungarischen Grenzanlagen, vom Sturm der DDR-Bürger auf die Prager Botschaft und der daraufhin folgenden Ausreise von Tausenden in die BRD. Bewegende Schicksale, doch nie hätte ich damit gerechnet, dass dies nur der Anfang war.
An die geschichtsträchtigen Tage im November 1989 erinnere ich mich noch so genau, als wäre es erst gestern gewesen. Ich war gerade mal 20 Jahre alt und studierte, in Ermangelung einer besseren Idee, Bauwesen. Eigentlich interessierte ich mich für Musik und Literatur, wollte irgendwann gerne

mal ein Buch schreiben, wusste aber nicht, was ich mit diesen Vorlieben beruflich anfangen sollte.

Im November dann die unglaubliche Meldung: Die Grenze ist offen! Wir sahen im Fernsehen den Freudentaumel in Ost- und Westberlin, die Trabant- und Wartburg-Kolonnen in Richtung Westen. Am Sonntag, dem 12. November, gab es dann auch für uns kein Halten mehr. Im Trabi eines Verwandten machten wir uns auf den Weg zum Grenzübergang. Wer hätte gedacht, dass selbst ein stundenlanger Autobahnstau Spaß machen kann. Niemand blieb im Auto sitzen, alles stand beisammen, erzählte und freute sich.

Irgendwann waren wir dann drüben, im Westen. Jedes der uns entgegenkommenden Autos grüßte per Licht oder Hupe, Fußgänger und Radfahrer winkten uns zu. Was für ein schönes Gefühl, so willkommen geheißen zu werden!

Helmstedts Straßen waren voll von Autos und Menschen. So fuhren wir weiter, ohne recht zu wissen, wo wir landen würden. Schöningen wurde unser Ziel. Eine Stadt, von der ich bis dato nichts gehört hatte.

Auch hier überall freundliche, offene Menschen, die uns herzlich begrüßten, uns sogar zu Kaffee und Kuchen einluden. Glücklich bummelten wir durch die Stadt und hielten dann unser erstes Westgeld in den Händen.

Da war mein Traum plötzlich kein Traum mehr, ich stand in einem westdeutschen Schallplattenladen und - ich kam mit einem Album von Udo Lindenberg wieder heraus.

Seitdem sind über 30 Jahre vergangen. Das Album von Udo Lindenberg gibt es immer noch.

Inzwischen habe ich das Idol meiner Jugend mehrfach live gehört, stand auf dem „Rockliner" sogar direkt neben ihm, wie ein Foto an meiner Pinnwand beweist. Aber das nur so am Rande. Ganz andere Möglichkeiten haben sich seit dem Fallen der Grenzen eröffnet.

Ich bin froh darüber, dass es mir vergönnt war, die Wiedervereinigung in einer Zeit zu erleben, in welcher ich alt genug war, um das Geschehen bewusst wahrzunehmen und doch jung genug, um die sich daraus ergebenen Chancen zu nutzen.

Mein Wunsch, ein Buch zu schreiben, ist in Erfüllung gegangen, und es ist nicht bei dem einen geblieben. Wunderbare Bekanntschaften und Freundschaften haben sich aus der Liebe zum Schreiben ergeben.

Es ist schön, gleichgesinnten Menschen zu begegnen, einander zu inspirieren und Motivation zu schenken. Die Herkunft ist dabei nicht wichtig, was zählt, ist, in die gleiche Richtung zu schauen, dieselben Träume zu träumen.

Denn gemeinsame Träume können bekanntlich sogar Grenzen versetzen ...

Wir wünschen uns, dass unsere Träume wahr werden. Doch jeder kennt wohl auch Träume, bei denen man im Nachhinein froh ist, dass sie nicht Wirklichkeit geworden sind.
Also passen wir gut auf, was wir uns wünschen, denn es könnte in Erfüllung gehen.

Das andere Ich

Mit lautem Knall flog die Tür zu. Philipp starrte sie wutentbrannt an, als wäre es ihre Schuld, dass er gerade aus dem Klassenzimmer geflogen war. Sein erster Gedanke war, wieder hineinzurennen, um der Zicke zu sagen, was er von ihr hielt. Doch dann überlegte er es sich anders, zuckte mit den Schultern und stapfte die Treppen hinunter. Wenn Frau Ziegenfuß meinte, ohne ihn weiter machen zu wollen, dann hatte er eben Unterrichtsschluss. Diese Schule ging ihm sowieso gewaltig auf die Nerven. Seitdem er vor einem halben Jahr hierher gekommen war, fühlte er sich wie ein Aussätziger. Seine Mitschüler gingen ihm aus dem Weg, die Mädchen kicherten über seine Aussprache und die Klassenlehrerin Frau Ziegenfuß meinte, mit Strenge wegmachen zu müssen, was ihr an Alter und Erfahrung fehlte. In Berlin war alles viel cooler gewesen, aber in diesem Provinznest hatte er nicht einmal einen guten Kumpel.
Ziellos rannte er eine Weile durch die Straßen. Es war viel zu früh, um nach Hause zu gehen und auf

den Stress dort konnte er sowieso gut verzichten. Seit ihrem Umzug hatte sein Vater noch keinen neuen Job gefunden und saß die meiste Zeit zu Hause. Seine Mutter, die wegen der Zulagen nur noch Nachtschicht machte, war ständig unausgeschlafen und schlecht drauf. Der einzige Lichtblick war sein Großvater. Bei früheren Besuchen waren sie einander fremd geblieben, doch seitdem sie zusammenwohnten, hatte sich fast so etwas wie eine Freundschaft zwischen ihnen entwickelt. Der alte Herr war für sein Alter ziemlich gut drauf. Den halben Tag schraubte er an einem antiken Motorrad und in der restlichen Zeit erzählte er von seinen, wie er es nannte, „wilden Jahren". Geschichten, die Philipp oft zum Lachen brachten. So konnte er ihm auch nicht böse sein, dass sie seinetwegen von Berlin aufs Land gezogen waren.

Unbemerkt von seinen Eltern, schlich er sich in die Werkstatt auf dem Hof. Sein Großvater begrüßte ihn erfreut und drückte ihm gleich einen Schraubenschlüssel in die Hand. Eine Weile arbeiteten sie schweigend, dann schaute der alte Mann seinen Enkel fragend an:

„Was ist eigentlich los?"

Erst fühlte sich Philipp ertappt, doch dann sprudelte der ganze Ärger aus ihm heraus.

„Mir reicht's! Ich bin immer nur der Neue, den keiner beachtet. Aber ich will auch einmal vorne stehen. Einmal in ihrer Haut stecken und allen sagen, wo's lang geht!", beendete er seinen Bericht, immer noch voller Wut auf seine Lehrerin.

Großvaters graue Augen blickten nachdenklich:

„Weißt Du, Philipp, ich glaube, wenn man etwas aus tiefstem Herzen möchte, dann ist so ein Wunsch fast wie ein Zauberspruch. Also pass gut auf, was Du Dir wünschst, es könnte in Erfüllung gehen!"

Irgendetwas stimmte hier nicht! Irgendetwas stimmte ganz und gar nicht! Seine Füße schmerzten und die Beine kribbelten, als würde eine ganze Ameisenarmee auf ihnen entlang spazieren. Verwundert schaute er an sich hinunter und – erstarrte! Was war das? Anstelle der Turnschuhe steckten seine Füße in schwarzen Pumps und dort, wo eine Jeans hingehörte, erblickte er schlanke, braune Beine in einer silbrig glänzenden Strumpfhose. Panisch betastete er seine Knie und zog an dem Stückchen Stoff, das seine Oberschenkel nur knapp bedeckte. Das wurde ja immer schlimmer! Er trug einen Rock und einen verdammt kurzen noch dazu!
Völlig benommen, mit dem Gefühl jeden Moment aus den Schuhen zu kippen, stolperte er zum Waschbecken. Aber der Blick in den darüber hängenden Spiegel machte es nur noch schlimmer. Ein fremdes Gesicht schaute ihn fragend und ängstlich an. Oder fremd war es ihm eigentlich nicht, es war nur nicht sein eigenes.
„Frau Ziegenfuß, alles in Ordnung", rief Melanie aus der ersten Reihe.
Schockiert drehte er sich um und starrte in achtzehn fragende Augenpaare. Auch das noch! Er war nicht allein, sondern stand vor der Klasse. Vor seiner Klasse. Und als wenn das an sich nicht schon

schlimm genug gewesen wäre, steckte er auch noch im Körper seiner Lehrerin!

„Ja, sicher", antwortete eine zögernde Stimme, die zwar aus seinem Mund kam, aber nicht nach seiner eigenen klang. Doch was redete er da? Nichts war in Ordnung, rein gar nichts! Wie kam er nur aus diesem Schlamassel wieder heraus? Und wie war er überhaupt hineingekommen? Hatte etwa Großvater mit seiner Mahnung recht behalten? Unmöglich, das war verrückt!

Hilflos blickte Philipp seine Mitschüler an, die mehr oder weniger interessiert vor ihm saßen. Was hätte er nicht dafür gegeben, jetzt einer von ihnen zu sein, einfach nur auf seinem Stuhl zu sitzen und nicht alleine hier stehen zu müssen. Noch nie im Leben war er sich so hilflos vorgekommen. Wie sollte er das eine ganze Unterrichtsstunde aushalten? Er hatte nicht die geringste Ahnung, was er als Nächstes tun sollte und die, mit dieser Erkenntnis einhergehende Panik, drohte ihm fast die Luft zu nehmen.

„Frau Ziegenfuß, kann ich jetzt mit meinem Referat über den Sachsenspiegel beginnen? Die Zeit wird sonst knapp."

Streberin, schoss es ihm in den Kopf, doch gleichzeitig spürte er eine ungeheure Erleichterung über diese unverhoffte Rettung. Melanie würde den Rest der Stunde übernehmen und das sogar ganz freiwillig.

Bevor sie es sich anders überlegen konnte, nickte er ihr rasch zu und stöckelte, so schnell es ihm auf seinen ungewohnten Schuhen möglich war, zu dem einzigen freien Stuhl am Fenster.

Ungeschickt zwängte er sich in dem ungewohnten Rock auf seinen Platz. Zum Glück hatte Melanie mit ihrem Vortrag begonnen und niemand achtete auf ihn.

Den Rest der Stunde wagte Philipp nicht, sich zu bewegen. Verkrampft saß er da und wäre doch am liebsten geflüchtet. Doch auf diesen Absätzen würde er es nicht einmal heile bis zur Tür schaffen. Außerdem wäre es Melanie gegenüber unfair gewesen, einfach davonzurennen. Unglaublich, was dieses Mädchen alles zu erzählen wusste. Ihre Stimme plätscherte sanft an seine Ohren und er spürte, wie er sich allmählich beruhigte. Alles würde wieder in Ordnung kommen. Sicher wusste Großvater eine Lösung.

„Philipp? Philipp?" Die Stimme von Frau Ziegenfuß klang energisch. „Schläfst Du?"

„Nein, nein", stammelte er benommen und blinzelte mit den Augen. Voller Freude stellte er fest, dass alles wieder am richtigen Platz war, seine Turnschuhe, die Jeans, er selbst und auch seine Lehrerin, die gerade auf ihn zu kam.

„Hast Du Deine Hausaufgaben dieses Mal gemacht?"

Plötzlich erlebte Philipp ein Déjà-vu. Genau in dieser Situation war er schon einmal gewesen, bevor er sich, nach seiner, zugegebenermaßen etwas frechen Antwort, vor der Tür wieder gefunden hatte.

Nein, bitte, nicht schon wieder, flehte er in Gedanken und log:

„Ja, die habe ich gemacht."

Die Skepsis seiner Lehrerin war nicht zu übersehen.

„Gut, dann kannst Du uns ja erzählen, was Du alles über den Sachsenspiegel weißt."

Philipp holte tief Luft. Blieb ihm denn heute gar nichts erspart? Doch dann war es ihm, als hörte er wieder Melanies Stimme und stockend begann er zu erzählen. Nach ein paar Sätzen redete er schneller, und als er eine viertel Stunde später schwieg, war es mucksmäuschenstill im Raum. Frau Ziegenfuß fand als Erste ihre Sprache wieder.

„Das war sehr gut, Philipp. Dafür bekommst Du eine Eins. Siehst Du, es geht doch."

Nach dem Unterricht sprach ihn Melanie an.

„Ich wusste gar nicht, dass Du Dich so für Geschichte interessierst?"

„Ach, nur ein bisschen", druckste er herum und nahm sich vor, gleich am Abend in die Bücher zu schauen. Prüfend sah sie ihn an, sodass er ganz verlegen wurde. Erst recht, als sie ihn fragte, ob sie zusammen ein Eis essen gehen wollten. Sofort stimmte er zu und war sich nicht mehr sicher, ob diese kleine Stadt wirklich so öde war, wie er die ganze Zeit gedacht hatte.

Aber eins wusste er, auf seine Wünsche und Träume würde er in Zukunft ganz genau achtgeben!

Beruf oder Berufung? Diese Frage stellen sich viele Menschen im Laufe ihres Lebens. Doch es gehört schon eine Menge Mut dazu, seine Träume gegen alle inneren und äußeren Widerstände zu leben.
Aber möglicherweise wollen uns alle Schwierigkeiten nur lehren, uns auf unsere Kräfte und Fähigkeiten zu besinnen, damit wir den Weg unserer Träume voller Mut beschreiten können.

Zeiten ändern sich

„So kann es nicht weiter gehen, Du musst etwas Vernünftiges lernen!"
Seine Mutter funkelte ihn an und es fehlte nur noch, dass sie mit der Faust auf den Tisch geschlagen hätte. Aber dafür war sein Vater zuständig. Oder besser gesagt, zuständig gewesen, denn seit dieser vor knapp einem Jahr zu seiner neuen Freundin gezogen war, verlor sich seine Spur im Nirgendwo.
Ricky vermisste ihn nicht besonders. Sie waren sich nie nahe gewesen und oft hatte es Streit gegeben. Er fand, sie lebten jetzt bedeutend ruhiger. Seine Mutter schien allerdings anderer Meinung zu sein, wie ihre verweinten Augen am Morgen verrieten.
Um ihr nicht noch mehr Kummer zu bereiten, hatte er sich im letzten Jahr in der Schule bemüht und sogar einen einigermaßen respektablen Abschluss hinbekommen. Doch nun wurde es Zeit, dass er sein eigenes Leben lebte.

„Nein, Mutter. Ich brauche nichts Vernünftiges zu lernen, weil ich bereits etwas Vernünftiges kann." Seine Stimme klang schärfer, als beabsichtigt. Ärgerlich blickte er auf sie, die einen Kopf kleiner als er war, herab.

„Du bist so stur, wie Dein Vater. Du wirst diese Stelle annehmen, oder Du kriegst von mir keinen Cent mehr."

Ricky umklammerte den Griff seiner Gitarre. Er hasste es, wenn sie so sprach. Aber er würde nicht nachgeben. Auf keinen Fall wollte er in diesem langweiligen Supermarkt die Regale putzen, nur weil dann vielleicht irgendwann ein Ausbildungsplatz für ihn heraussprang. Nur, um dann noch mehr Regale zu putzen. Tag für Tag. Sein ganzes Leben lang. Bei dieser Vorstellung lief es ihm eiskalt den Rücken hinunter.

Nicht, dass er an sich etwas gegen diese Arbeit gehabt hätte. Seine Mutter tat sie seit Jahr und Tag. Sie schuftete im Lager, räumte die Waren ein und half an der Kasse aus. Sie klagte nicht, doch er sah, wie müde sie war, wenn sie am Abend nach Hause kam. Kein leichtes Leben.

Im Grunde gab er ihr ja sogar Recht. Was für sie okay war, konnte auch ihm nicht schaden, wenn da nicht sein Traum gewesen wäre. Seit er ein kleiner Junge war, hatte er sich gewünscht, eines Tages auf der Bühne zu stehen, seine Gitarre in der Hand, die Menschen erwartungsvoll zu ihm aufschauend. Sollte er diesen Traum aufgeben, nur um seiner Mutter einen Gefallen zu tun? Nein!

„Ich brauche Dein Geld nicht." Er wusste, das war gelogen und doch sprach er weiter. „Ich verdiene mein eigenes."

„Womit denn, ohne eine Arbeit?" Ihre Stimme war schriller geworden, wie immer, wenn sie miteinander stritten.

„Mit meiner Musik", meinte er, auch wenn er selbst noch nicht wusste, wie das gehen sollte.

Ihre Reaktion war wie erwartet.

„Mit meiner Musik", äffte sie ihn nach. „Keinen Euro bekommst Du für diese Klimperei. Werde endlich erwachsen, Junge. Gitarre spielen kannst Du nach Feierabend. Entweder nimmst Du diese Stelle an oder Du kannst sehen, wie Du klarkommst. Ich habe bei meinem Chef gebettelt, damit er Dir eine Chance gibt. Meinst Du, ich mache mich lächerlich?"

„Ich habe Dich nicht darum gebeten", brummte er und wandte sich zum Gehen. Die Jungs warteten sicher bereits mit der Probe. Samstag hatten sie ihren ersten Auftritt im Schulklub.

„Wenn Du jetzt gehst, brauchst Du nicht mehr wiederzukommen", schrie sie, mit ihrer Kraft und den Argumenten am Ende.

Ricky hatte das Gefühl, als wäre jedes ihrer Worte ein Pfeil, der sich in sein Herz bohrte, genau dorthin, wo sein Traum zu Hause war. Wie viele solcher Pfeile brauchte es noch, bis dieser Traum zerplatzte wie eine Seifenblase?

Instinktiv zog er die Schultern hoch, als wolle er sich vor weiteren Angriffen schützen und ging wortlos aus dem Raum. Ohne nachzudenken, packte er ein paar Sachen in seine Tasche, schnappte die Gitarre, den tragbaren CD-Player und die Lederjacke.

Seine Mutter kam aus der Küche, starrte erst auf das Gepäck, dann in sein Gesicht.

„Geh nur! Wenn Du Hunger kriegst, kommst Du sowieso zurück." Ihre Stimme hatte die Strenge verloren. Sie klang nur noch müde.

Für einen Moment tat sie ihm leid und am liebsten hätte er sie in die Arme genommen. Dann erinnerte er sich an all das Gesagte, nickte ihr nur zu und verließ ohne Abschied die Wohnung.

„Ricky, bitte bleib!", rief sie ihm nach. Da war die Tür bereits ins Schloss gefallen und er hörte ihre Worte ebenso wenig, wie er ihre Tränen sah.

Bert, der Drummer, war mit seinen fast dreißig Jahren der Älteste in der Band. Ohne viele Fragen nahm er ihn bei sich auf. In seinem Haus, in dessen Keller sie auch probten, gab es genug Räume und Ricky bezog ein kleines Dachzimmer.

Ohne die Unterstützung seiner Mutter blieb ihm jetzt nichts weiter übrig, als jeden Aushilfsjob anzunehmen, der sich ihm bot. Eine Weile arbeitete er auch in einem Supermarkt, ganz ähnlich dem, in welchem seine Mutter beschäftigt war. Wenn er an sie dachte, bereute er ihren dummen Streit. Doch er wusste, wenn er jetzt zu ihr zurückkehrte, würde alles wieder von vorne beginnen. Was konnte er denn auch vorweisen außer seinen Hoffnungen?

In jeder freien Minute spielte er Gitarre. Mit den Jungs im Keller, bei ihren kleinen Auftritten, oder allein in seinem stillen Kämmerlein, das in diesen Stunden alles andere als still war. Hier durfte er nach Herzenslust laut sein. Bert, an seinem Schlagzeug, überbot ihn um einiges und trommelte sich nächtelang durchs ganze Haus.

***

Die Jahre vergingen. Die Zeiten mit Bert und den Jungs gehörten der Vergangenheit an. Inzwischen waren alle ihrer eigenen Wege gegangen und diese hatten nichts mehr mit der Musik zu tun. Sie sind endlich erwachsen geworden, hätte seine Mutter wohl zufrieden gesagt. Alle, bis auf ihn!
Er schlug sich nach wie vor, mehr schlecht als recht durchs Leben. Manchmal, in seinen dunklen Stunden, fragte er sich, ob seine Mutter recht gehabt hatte. Die wenigsten Künstler konnten von ihrer Musik leben. Dazu gehörte neben der Begabung, auch eine gehörige Portion Glück. Er wusste weder, ob er das eine wirklich besaß, noch ob das andere ihm je hold sein würde. Schnell schob er solche Zweifel beiseite und griff zur Gitarre.
Dann bekam er den Aushilfsjob in einer Bar. Eigentlich mehr eine Art Musikkneipe, denn jedes Wochenende traten dort Künstler auf. Gerne hätte er so wie diese auf der kleinen Bühne gestanden, stattdessen putzte er hinter der Bar die Gläser.
Eines Abends betrat eine zierliche Frau mit langem rotem Haar die Bar.
„Loreena", stellte sie sich vor und blinzelte ihn aus ihren blauen Katzenaugen freundlich an.
Ricky hatte während seiner Bandzeiten eine Menge Frauen kennengelernt. Er war ein gut aussehender

Kerl, groß, schlank, mit tiefschwarzen Augen und blondem, kurzem Haar. Die Frauen flogen auf ihn, wie Bert oft neidisch festgestellt hatte. Allerdings waren all diese Bekanntschaften oberflächlich geblieben, denn keine der Damen konnte verstehen, warum er mehr Zeit mit seiner Gitarre, als mit ihr verbringen wollte. Irgendwann gab er es auf und war damit einer Menge Ärger aus dem Weg gegangen.

Diese Frau war anders, das wusste er vom ersten Augenblick an. Und wenn es tatsächlich so etwas wie die Liebe auf den ersten Blick gab, dann musste ihn wohl soeben Amors Pfeil getroffen haben.

Als Loreena zielsicher in Richtung Bühne marschierte, wurde ihm klar, dass sie nicht irgendein Gast, sondern die Musikerin dieses Abends höchstpersönlich war. Eine Irin, wie sein Chef ihm gestern erzählt hatte, die seit einigen Jahren in Deutschland lebte.

Fasziniert lauschte er ihrer klaren, hellen Stimme und ließ die Gäste auf ihre Getränke warten.

In der Pause brachte er ihr ein Glas Wein und sie kamen ins Gespräch. Sie redeten über ihre Musik und ganz nebenbei erwähnte er, dass er selbst auch Gitarre spielte. Darauf bot sie ihm spontan an, sie bei einer ihrer Zugaben zu begleiten. Es war ein bekannter Titel, einen den er in- und auswendig kannte, aber allein der Gedanke, neben dieser Frau auf der Bühne zu stehen, machte ihn unsicher. Wie sollte er da auch nur einen richtigen Ton treffen? Also lehnte er ab, schob die Arbeit vor und flüchtete sich zurück hinter die Bar.

Er hatte nicht mit ihrer Hartnäckigkeit gerechnet. Sie war schnurstracks zu seinem Chef gelaufen, der widerwillig zugestimmt hatte. Und wenn Ricky nun nicht als Feigling dastehen wollte, blieb ihm nichts weiter übrig, als ihr auf die Bühne zu folgen.

Da stand er dann mit dem fremden Instrument in der Hand, die vielen neugierigen Blicke auf sich gerichtet - und zitterte vor Aufregung.

Doch bereits bei den ersten Klängen verschwand seine Angst und, ohne es anfangs überhaupt zu bemerken, begleitete er sie nicht nur auf der Gitarre, sondern sang auch aus voller Kehle mit. Ihre Stimmen harmonierten miteinander, als hätten sie nur aufeinander gewartet. Er spürte Loreenas erstaunten Blick, und der nicht enden wollende Applaus am Ende des Songs bewies ihm, dass es mehr als nur ein schöner Traum gewesen war.

Ein Traum, der schon viel zu lange darauf gewartet hatte, endlich wahr zu werden ...

Mit einem gemeinsamen Programm aus irischen und deutschen Titeln tingelten sie bald darauf durch die Clubs. Als sie begannen, auch eigene Stücke zu schreiben, wurden aus den kleinen Clubs immer größere Hallen. Es war wie eine Lawine, für die es, einmal in Bewegung gesetzt, kein Halten mehr gab. Längst waren sie nicht nur beruflich, sondern auch privat ein Paar. Zusammen waren sie in eine Dachgeschosswohnung mit einem riesigen Balkon und Blick auf den Fluss gezogen. Ricky fand diesen Platz über den Dächern der Stadt wie geschaffen für sie beide, erschien es ihm doch, als würde ihre Liebe ihnen Flügel verleihen.

Sein Glück hätte größer nicht sein können, nur manchmal tauchte ein Schatten aus der Vergangenheit auf. Als er Loreena davon erzählte, war sie fassungslos gewesen.

„Du hast Deine Mutter seitdem nicht mehr gesehen? Dann weiß sie gar nicht, was aus Dir geworden ist?"

Ihre erste große Deutschlandtournee war ein voller Erfolg. Die Konzerte waren gut besucht, die CDs verkauften sich wie von selbst und auch ihr erster Konzertmitschnitt auf DVD war in Arbeit.

Ricky genoss, trotz des allgegenwärtigen Stresses, jede Sekunde. Sein Traum war endlich wahr geworden! Er machte Musik, verdiente gutes Geld damit und das Beste: er hatte die tollste Frau der Welt an seiner Seite. Damit überbot die Realität seinen Traum um Längen.

Am Ende des Abschlusskonzertes in seiner Heimatstadt stand er mit Loreena Hand in Hand am Bühnenrand und verneigte sich. Da sah er sie in der ersten Reihe – seine Mutter.

Das Erkennen durchfuhr ihn wie ein Blitz und brachte ihn einige Sekunden aus der Fassung. Sie war älter geworden und wirkte fremd in dem vornehmen taubengrauen Kostüm, das sie heute anstelle ihrer sonst üblichen Schürze trug.

Der Vorhang fiel und Loreena, die seine Verwirrung bemerkt hatte, zog ihn von der Bühne.

Als sie später gemeinsam die Halle verließen, stand seine Mutter plötzlich vor ihm. Er sah die Tränen in ihren Augen und wusste nicht, was er tun sollte.

„Ricky, mein Junge. Ich freue mich so", stammelte sie. „Ich bin so stolz auf Dich. Ich wusste es immer, aus Dir wird einmal was ganz Großes."

Sprachlos starrte er sie an. Für einen Moment war er versucht, ihr zu antworten, dann sah er Loreenas Lächeln und nahm seine Mutter einfach in die Arme. Endlich!

„Alles, was heute Realität ist,
war zuvor nur Teil eines
unrealistischen Traumes."
(William Blake)

Wenn man zu viele Wünsche auf einmal hat, kann die Entscheidung schon schwerfallen.

Viele Wünsche für einen Tag

Die letzten Wochen waren anstrengend. Ich muss hier mal wieder raus. Am liebsten würde ich ans Meer fahren oder nach Weimar. Die kleine thüringische Stadt hatte mich bei jedem meiner Besuche, und es waren derer unzählige, mehr in ihren Bann und ihre Geschichte gezogen. Egal, ob am frühen Morgen zu Besuch bei Goethe in seinem Stadthaus, beim Besichtigen der Anna-Amalia-Bibliothek am Nachmittag oder beim abendlichen Spaziergang im Park an der Ilm, die Vergangenheit, die Zeit der großen Dichter und Denker, ist an diesen Plätzen allgegenwärtig.

Aber Weimar ist weit, das Meer noch weiter, und ich habe nur einen Tag „Auszeit" zur Verfügung. Morgen schon wird der Alltag mit Arbeit, Haushalt und Einkauf wieder seine Zeit einfordern. Heute jedoch ist mir nach Entspannung, ich möchte Neues entdecken, wünsche mir ein bisschen Romantik, würde gerne in Erinnerungen schwelgen. Ziemlich viele Wünsche für nur einen Tag. Schon will ich einige davon beiseite schieben, mich für ein gutes Buch und das Sofa entscheiden, da habe ich plötzlich eine Idee.

Mit dem Auto fahre ich Richtung Süden, der Sonne und dem Harz entgegen. Das Schloss grüßt bereits aus der Ferne, unübersehbar auf seinem luftigen Platz auf dem Berge. Schmunzelnd erinnere ich mich, in diesem märchenhaft anmutenden Bauwerk wollte ich einst leben, früher als ich ein kleines Mädchen war, unbedingt eine Prinzessin sein wollte und keine Ahnung hatte, dass in diesen Mauern längst ein Museum sein zu Hause gefunden hatte. Wünsche ändern sich, Lebensziele auch, trotzdem kann ich es plötzlich kaum erwarten, endlich wieder dort zu sein.

Mit meiner Eintrittskarte in der Hand stehe ich auf dem malerischen Innenhof und staune, als würde ich das alles zum ersten Mal sehen. Während ich meine Umgebung betrachte, gehen meine Gedanken ganz von selbst auf eine Zeitreise:

An diesem Ort stand ich mit meinen Eltern und schaute zum Turm hinauf. Hier wurden Märchenträume wahr, damals wartete ich nur darauf, dass Rapunzel endlich ihr Haar herunterlassen oder mir zumindest zuwinken würde.

Jetzt wird der 30 Meter hohe Bergfried saniert und ist bis oben hin eingerüstet. Sollte es also doch irgendwo eine Rapunzel geben, könnte der Prinz ganz bequem mit dem Baulift nach oben fahren. Die Zeiten der Technik hätten auch für Märchenwesen ganz klar ihre Vorteile.

Später dann die turbulente Klassenfahrt, wir tobten die steinernen Treppen hinauf und hinab, die wohl eigentlich den gräflichen Herrschaften vorbehalten waren, streichelten die steinernen Fabelwesen auf dem Geländer und stellten uns vor, diese durch unsere Berührung zum Leben zu erwecken. Erfolglose Wiederbelebungsversuche, die von unserer Lehrerin leider unterbunden wurden. Und so schauen die steinernen Gesellen heute noch genauso starr wie eh und je vor sich hin.

Dann ein romantischer Ausflug mit meinem Freund. Erinnerungen, die ich für mich behalten mag, die Bilder noch so deutlich vor Augen, als wären wir gestern zusammen hier gewesen. Aber so ist das mit den Erinnerungen, die Spanne der zurückliegenden Zeit spielt keine Rolle, nur unsere Intensität der Gefühle entscheidet darüber, was präsent bleibt oder in den Tiefen des Unterbewusstseins verschwindet.

Ich beginne meinen Rundgang durch das Schloss. Neogotische Schlosskirche, Billardzimmer, Halle, Bibliothek. Entspannt schlendere ich durch die unzähligen Räume, genieße die vielen neuen Eindrücke, bin überrascht, wie wenig mein Gedächtnis im Laufe der Zeit aufbewahrt hat. Zumindest an den riesigen Festsaal kann ich mich noch genau erinnern.

In der Grünen Henrichskammer, die erst vor einigen Jahren aufwendig restauriert wurde, entdecke ich eine alte Bekannte des Herrn von Goethe. Maria-Antonia von Branconi, die damals angeblich schönste Frau Europas, grüßt von einem der Gemälde. Sie hält wohl Wacht über Möbel und Besitztümer, welche aus ihrem Schloss in Langenstein hierher transportiert wurden.

Während ich ein hölzernes, erstaunlich kurzes, dafür aber reich mit Schnitzereien verziertes Bett betrachte, gesellt sich ein kleines Mädchen zu mir. Rosa Kleidchen, rosafarbene Schuhe, selbst die Zopfhalter in ihrem dunklen Haar schimmern rosa. Wie eine kleine rosa Prinzessin, denke ich schmunzelnd.

„Hat dort eine richtige Prinzessin geschlafen?", fragt mich die Kleine und schaut so ernst zu mir herauf, als wäre die Beantwortung dieser Frage von großer Wichtigkeit.

Krampfhaft überlege ich, wer wohl in diesem Bettchen genächtigt haben könnte. Die Antwort wäre sicher auf der gelben Tafel nachzulesen, welche sich in jedem Zimmer zur Information der Besucher befindet. Aber mal abgesehen davon, dass diese gerade von anderen Gästen umlagert ist, möchte ich dem Mädchen nicht mit irgendwelchen Erklärungen über den weitverzweigten Stammbaum der hier früher ansässigen Grafen die Illusionen rauben.

Zum Glück erinnere ich mich, in einem Zimmer über die Gräfin Anna gelesen zu haben, die eine echte geborene Prinzessin war.

„Ja, dort hat eine Prinzessin geschlafen", schummele ich also einfach ein bisschen.

„War sie hübsch?", will die Kleine sofort wissen.

Wenn ich das nur wüsste, aber da Schönheit ja sowieso im Auge des Betrachters liegt, antworte ich:

„Sind Prinzessinnen nicht immer schön? Außerdem war diese Prinzessin sehr klug, sie hat sogar Gedichte geschrieben." Auch das habe ich vorhin irgendwo gelesen.

Die Kleine scheint zufrieden und nickt. Doch dann folgt schon die nächste Frage:

„Hat sie auch einen richtigen Prinzen geheiratet?"

Große blaue Augen blicken mich erwartungsvoll an.

Die Unterhaltung fängt an, mir Spaß zu machen. Das zumindest kann ich wahrheitsgemäß beantworten.

„Nein, kein ganz richtiger Prinz, sondern einen Grafen. Er hieß Otto."

„Otto", kichert die Kleine, „so heißt mein Opa, weißt Du?"

Das wusste ich nicht, nicke aber und meine, das Gespräch wäre damit beendet, da das Mädchen sich bereits zum Gehen wendet. Aber dann hält sie doch inne, blickt mich wieder an und fragt:

„Wie hieß denn eigentlich die Prinzessin, die hier geschlafen hat und die so klug war?"

„Anna." Bevor ich etwas hinzufügen kann, ruft in diesem Augenblick eine Frauenstimme aus einem der Nachbarräume:

„Anna, wo bist Du?"

Ich zucke vor Überraschung regelrecht zusammen. Aber da antwortet die Kleine lauthals und voller Begeisterung:

„Hier Mutti, hier! Komm schnell, hier hat die Prinzessin geschlafen. Und die hieß auch Anna, genau wie ich. Ich bin nämlich auch bald eine Prinzessin", meint sie dann ein wenig leiser zu mir und rennt im nächsten Moment voller Überschwung ihrer Mutter entgegen. Die junge Frau sieht in Jeans und Turnschuhen so gar nicht wie eine Frau Königin aus, nimmt ihre Tochter aber liebevoll in die Arme.

„Ja, Anna, bald bist Du auch eine Prinzessin. Für einen Tag."

Sie nickt mir zu, und als sie meinen wohl recht fragenden Blick bemerkt, erklärt sie:

„Anna hat bald Geburtstag. Sie hat sich gewünscht, mit ihren beiden Freundinnen noch einmal hierher zu kommen. Als Geburtstagskind kann sie dann ein langes Prinzessinnenkleid tragen und wir werden alle gemeinsam im Schloss-Café leckeren Kuchen essen. Ich habe ihr versprochen, dass sie an diesem Tag eine richtige kleine Prinzessin sein darf."

„Was für eine schöne Idee", antworte ich. „Anna wird bestimmt eine wunderschöne Prinzessin sein." Dann schaue ich den beiden nach, wie sie Hand in Hand davongehen, und denke an meinen eigenen Prinzessinnen-Kindheitstraum. Manche Dinge änderten sich wohl nie. Wahrscheinlich träumten die meisten kleinen Mädchen davon, eine Prinzessin zu sein. Aber wie mag es den Kindern damaliger Zeiten in einem Schloss wie diesem, mit riesigen, im Winter wohl eisigen Räumen, ergangen sein?

Vor einiger Zeit habe ich in einem Buch etwas über das Leben Adliger im 18. Jahrhundert gelesen. Das Verhältnis zwischen Eltern und Kindern war eher distanziert, wer es sich leisten konnte, der ließ seine Kinder von Kindermädchen erziehen. Kleine Prinzessinnen, zum Beispiel, hatten ein umfangreiches Unterrichtspensum zu absolvieren. Religion und Sittenlehre, Schreibekunst, Rechnen, Sprachen, Geschichte, Naturwissenschaften, Tanz- und Zeichenunterricht waren bei Weitem nicht alles. Es galt Musikinstrumente, die strengen Regeln des Hofes, Hauswirtschaft, wie Nähen und Stricken, und anderes mehr zu erlernen.

Hübsche Kleider haben Prinzessinnen vergangener Tage wohl auch gehabt, geht es mir durch den Kopf, aber bestimmt nicht solche angenehmen, wie die

Kinder der heutigen Zeit. Das Ankleiden soll früher unendlich viel Zeit gekostet haben und war nur mit Hilfe von Hofbediensteten zu bewerkstelligen. Hofmeisterin und mehrere Kammerjungfern waren für das zeitaufwendige Frisieren, das An- und Umkleiden zuständig.

Ich beende meinen Rundgang und verlasse das Schloss in dem Moment, als eine Busladung Reisender hereinströmt.

Was gab es für Spielzeug, überlege ich weiter, während ich über die Schlossterrasse gehe. Wie auf ein Stichwort kommen die rosa Anna und ihre Mutter um die Ecke gesaust. Die Kleine vorneweg auf einem pinkfarbenen Tretroller, die Mama, sichtlich außer Atem, aber über das ganze Gesicht lachend, hinterher. Die gute Laune der beiden ist ansteckend. Wie gut, dass Eltern und Kinder heutzutage so ungezwungen miteinander herumtoben können, ein Verhalten, das damals wohl auf keinen Fall schicklich gewesen wäre.

Ich habe noch so viele Fragen, wüsste gerne mehr über den Alltag von Kindern und Erwachsenen vergangener Zeiten, aber für heute begnüge ich mich mit der Erkenntnis, dass nicht jede Frage zu jeder Zeit einer Antwort bedarf.

Während ich mich auf den Weg in die Innenstadt mache, denke ich noch einmal an die kleine Anna. Wie schön, dass ihr Kindertraum in Erfüllung gehen wird. Bald wird sie eine richtige kleine Prinzessin sein. Für einen Tag. Ich finde, ein Tag reicht völlig aus. Am Abend kann sie dann wieder in ihr Kinderleben jenseits der Schlossmauern zurückkehren und ein ganz normales kleines Mädchen sein, das nur ab und an einmal davon träumt, eine Prinzessin zu sein. Träume sind gut, Träume braucht der Mensch.

Im Zentrum angekommen, erfreue ich mich an den schmucken Fachwerkhäusern, genieße ein kühles Eis und bin vollauf zufrieden mit diesem Tag. Wie gut, dass ich mich für einen Ausflug in diese „bunte Stadt am Harz" entschieden habe.
Wie viele kleine und große Erlebnisse so ein Tag doch für uns bereithalten kann, wenn wir nur für einige Stunden unsere gewohnten Bahnen verlassen, unsere Kreise weiterziehen und unsere Sinne öffnen. Nicht nur ein Märchenschloss konnte ich besuchen, sogar Anna, der kleinen Prinzessin bin ich begegnet.
Sicher werde ich eines Tages wiederkommen. Bestimmt werde ich auch andere Orte besuchen. Doch für heute mache ich mich entspannt und glücklich auf den Heimweg, denn jetzt weiß ich:
Es waren nicht zu viele Wünsche für einen Tag!

Nicht jeder Traum muss gleich die Welt verändern. Manch ein kleiner persönlicher Traum kann auch sehr intensiv sein. Vielleicht sogar so sehr, dass wir etwas tun, was wir in Wirklichkeit gar nicht wollen.

Der Osterhase ist ein Zwilling

Jenny drückte ihren Fund wie einen kostbaren Schatz an sich. Sie spürte das weiche Leder unter den Fingern und sah die gelbleuchtende Farbe vor sich, obwohl es in ihrem Zimmer längst dunkel geworden war. Sie hatte ihrer Mutti beim Zubettgehen nichts von dem Portemonnaie erzählt. Warum wusste sie selbst nicht. Vielleicht, weil es ihr immer noch wie ein Wunder erschien, dass so etwas Schönes einfach so im Vorgarten gelegen hatte.
Sie hatte sich gebückt, es aufgehoben und ihr Glück kaum fassen können. Das war tatsächlich genau so ein weiches, knautschiges Lederportemonnaie, bemalt mit einem lachenden Osterhasengesicht, wie es ihre Freundin Kim vor ein paar Tagen von ihren Eltern bekommen hatte.
Sie hatte ihre Freundin vom ersten Moment an, um dieses Geschenk beneidet. Kim hatte es ihr freudestrahlend gezeigt, aber sie durfte es nicht anfassen. Und das obwohl sie doch Kims beste Freundin war.
Noch jetzt ärgerte sich Jenny bei diesem Gedanken. Wie konnte man um ein Geschenk nur so ein Theater machen? Sie wollte doch nichts kaputt machen,

sondern es nur einmal aus der Nähe betrachten, die gelben Hasenohren und die angeklebten, feinen Barthaare berühren. Was war daran so schlimm? Doch Kim ließ in diesem Punkt nicht mit sich reden, und Jenny war traurig und enttäuscht nach Hause gegangen.

Doch nun war alles anders! Jetzt hatte sie selbst so ein wunderschönes Portemonnaie. Sie konnte es so lange berühren, wie sie wollte, konnte die weichen Ohren und kitzeligen Barthaare streicheln. Das Portemonnaie war leer gewesen, als sie es aufgehoben hatte, doch das störte Jenny nicht im Geringsten. Bestimmt schenkte ihr Oma Traudel beim nächsten Besuch wie immer etwas Geld, dann konnte sie das hineintun. Und wenn nicht, war das auch nicht schlimm. Auf jeden Fall würde sie ihr Hasenportemonnaie nie wieder hergeben. Glücklich schlief sie ein.

Ihre Mutter rief zum Frühstück. Wohlig reckte und streckte sich Jenny. Ostermontag, heute brauchte sie nicht zur Schule. Überglücklich betrachtete sie ihr neues Portemonnaie, das neben ihr auf dem Kissen lag. Es war also kein Traum gewesen. Nein, alles war Wirklichkeit. Heute musste sie unbedingt ihren Eltern und Geschwistern zeigen, was sie da Tolles gefunden hatte. Eilig sprang Jenny aus dem Bett und steckte ihr gelbes Hasenportemonnaie in die Schlafanzugtasche. Sie würde Mutti und Papi überraschen. Die würden Augen machen!

Ihre Eltern, ihre Schwester Juliane und ihr Bruder Tobias saßen schon am Frühstückstisch, als Jenny endlich in die Küche kam.

„Da bist Du ja, meine kleine Schlafmütze", begrüßte ihr Papi sie gut gelaunt.

Das Mädchen schmunzelte. Diese kleinen Neckereien gehörten zu jedem Wochenendprogramm. Sie setzte sich an den Tisch und ließ sich von ihrer Mutti heißen Kakao einschenken. Unauffällig tastete sie nach ihrem neuen Schatz. War jetzt schon der richtige Moment, ihre Eltern und Geschwister damit zu überraschen? Oder sollte sie die anderen erst fertig frühstücken lassen?

Sie nahm einen Bissen von ihrem noch warmen Toast und traf die Entscheidung, keine Sekunde länger warten zu können.

Doch genau in diesem Moment blickte ihre Mutti sie ernst an.

„Jenny, vorhin hat übrigens Kims Mutter angerufen. Kim ist total unglücklich. Sie hat gestern ihr neues Portemonnaie verloren. Du weißt schon, dieses gelbe, das Du so schön fandst."

Jenny verschluckte sich fast und plötzlich wurde ihr ganz heiß.

„Und warum ruft sie deswegen hier an?", murmelte sie mit vollem Mund und wagte nicht, ihre Mutter anzusehen.

„Weil Kim sagt, sie muss es irgendwo ganz in unserer Nähe verloren haben. Sie wollte gestern noch zu Dir, aber wir waren ja nicht zu Hause. Hier vor der Tür hatte sie es wohl noch, aber irgendwo auf dem Rückweg muss es ihr aus der Tasche gerutscht sein. Nun hat ihre Mutter gehofft, dass wir es vielleicht gefunden haben." Und an Jennys Vater gewandt, fügte sie hinzu: „Kims Mutter sagt, dass ihre Tochter die ganze Nacht kein Auge zugemacht und nur geweint hat."

Jennys Vater schüttelte den Kopf.

„Ich habe kein Portemonnaie gesehen. Ihr vielleicht, Kinder?" Die Frage war eher beiläufig gestellt worden. Juliane und Tobias schüttelten nur wortlos die Köpfe, doch Jenny spürte, wie ihr das Blut ins Gesicht schoss und sie knallrot anlief.

„Ich habe auch nichts gesehen", stotterte sie und konnte es nun kaum erwarten, dass die Frühstückszeit endlich zu Ende ging und sie wieder in ihr Zimmer flüchten konnte.

Dort blieb sie dann die meiste Zeit des Tages und kam nur heraus, wenn sie ihre Eltern zum Essen riefen. Sie müsse viel lernen, erklärte sie, und so ließen Mutti und Papi sie in Ruhe.

Doch ihre Schulbücher interessieren Jenny nicht im Geringsten. Sie saß die ganze Zeit nur still auf ihrem Bett und hielt ihr wunderschönes, weiches Portemonnaie in den Händen. Sie konnte sich nicht sattsehen, streichelte immer wieder über das weiche Leder, das Hasengesicht, die Ohren und die lustigen Barthaare. Doch mit der Freude war es vorbei. Die Worte ihrer Mutter gingen ihr nicht mehr aus dem Kopf. Kim hatte ihr Portemonnaie verloren und war nun unglücklich deswegen. Verständlich, aber was hatte sie, Jenny, damit zu tun. Kim hätte eben besser auf ihre Sachen aufpassen müssen. Und außerdem, wer sagte denn, dass dieses Hasenportemonnaie, das sie gerade in den Händen hielt, auch tatsächlich Kims war? Außerdem war es egal, sie hatte es gefunden. Jetzt gehörte es ihr!

„Willst Du heute gar nicht rausgehen? Vielleicht besuchst Du Kim und tröstest sie ein wenig. Oder Ihr macht Euch zusammen noch einmal auf die Suche?" Ihr Vater war unverhofft in ihr Zimmer gekommen und stand jetzt vor ihrem Bett. In letzter Sekunde hatte Jenny das Portemonnaie noch unter ihrem Kissen verstecken können.
Sie schüttelte den Kopf und wagte kaum, ihrem Papi in die Augen zu sehen.
„Darf ich mich einen Moment zu Dir setzen?"
Sie nickte, schaute aber ängstlich zu dem Kissen. Sie hoffte, dass er es nicht beiseiteschieben würde, um dort Platz zu nehmen. Doch ihr Vater setzte sich auf die andere Seite, und Jenny atmete erleichtert auf.
„Ich möchte Dir eine Geschichte erzählen. Von früher, als ich noch ein Kind war. Magst Du?"
Jenny nickte. Sie mochte die Erzählungen ihres Vaters, besonders dann, wenn er aus seiner eigenen Kindheit plauderte. Von damals, als er noch mit seinen Eltern und Geschwistern in einem kleinen Dorf in der Nähe gewohnt hatte.
„Ich war vielleicht vier oder fünf. Genau weiß ich es nicht mehr. Auf jeden Fall ging ich noch nicht zur Schule. Wir zwei Jungs, mein älterer Bruder und ich, hatten von unseren Eltern den Auftrag erhalten, am nächsten Tag das Erbsenfeld abzuernten. Du weißt ja, wie gerne ich diese frischen Erbsenschoten esse, und das war als Kind nicht anders als heute. Mein Vater hatte uns erlaubt, beim Ernten so viel zu essen, wie wir mochten. Den Rest sollten wir in einen Korb tun und unserer Mutter in die Küche bringen. Ich freute mich auf diese Arbeit, doch

gleichzeitig wusste ich, dass mein großer Bruder viel schneller als ich sein würde. Schneller beim Pflücken und auch viel schneller beim Essen. Deswegen machte ich mir große Sorgen, dass ich von all den köstlichen Schoten kaum welche abgekommen würde. Wenn es ganz dumm lief, würde Rüdiger die eine Hälfte in seinen Mund stopfen und die andere unserer Mutter in die Küche bringen.

Diese Gedanken ließen mich nicht schlafen. Als bereits alle im Bett lagen, schlich ich mich heimlich nach draußen. Ich kann mich noch genau an diese Nacht erinnern. Es war gar nicht richtig dunkel, denn ein großer, runder Mond leuchtete vom Himmel. Trotzdem war mir ziemlich mulmig zumute. Ich war noch nie so spät allein im Garten gewesen. Du weißt ja, wir wohnten direkt am Dorfrand. Gleich hinter unserem Grundstück begannen die Felder und Wiesen. Und die Vorstellung, was dort alles auf mich lauern könnte, jagte mir einen riesigen Schrecken ein. Aber ich nahm all meinen Mut zusammen und machte mich an die Arbeit. So schnell ich konnte, pflügte ich eine Schotte nach der anderen und warf sie in meinen mitgebrachten Turnbeutel. Es waren so viele, dass sie kaum hineinpassten. Doch ich stopfte und drückte, bis der Beutel fast aus allen Nähten platzte. Zum Essen blieb natürlich keine Zeit, aber das machte ja nichts. Dafür würde ich in den nächsten Tagen noch genügend Gelegenheit haben. Unbemerkt schlich ich zurück in mein Zimmer und versteckte den Beutel mit all den frischen, leckeren Schoten unter meinem Bett." Ihr Vater schwieg und schien einen Moment in seine Erinnerung versunken.

„Und dann, Papi, hast Du sie alle allein gegessen? Und was hat Onkel Rüdiger dazu gesagt, bestimmt war er wütend, oder?"

„Nein, das war er nicht. Und auch meine Eltern nicht. Alle dachten, irgendwelche jugendlichen Rowdys hätten sich an dem Beet zu schaffen gemacht. Mein Vater überlegte deswegen sogar, sich wieder einen Hund anzuschaffen, damit so etwas nicht wieder vorkommen konnte. Na ja, und Erbsengemüse gab es zum Mittag natürlich auch nicht. Irgendwie waren alle enttäuscht und traurig. Und ich hatte ein furchtbar schlechtes Gewissen."

Jenny nickte. Sie konnte ihren Vater gut verstehen.

„Und all die Schoten unter Deinem Bett?"

„Die sind alle vertrocknet. Erst habe ich mich nicht getraut, den Beutel hervorzuholen und als ich es später doch tat, waren alle hinüber und nicht mehr essbar." Er seufzte. „Das ist lange her, aber ich habe nie wieder vergessen, wohin es führt, wenn man nur an sich denkt. Wie hätte ich mir denn die Erbsen schmecken lassen können, wenn der Rest meiner Familie das Nachsehen hatte. Meine Gier und meine Angst, nicht genug zu bekommen, haben alle anderen traurig gemacht. Und letztlich hatte so niemand von uns etwas von den leckeren Schoten.

Weißt Du, Jenny, ich glaube, wir alle haben so einen selbstsüchtigen Anteil in uns, der uns manchmal glauben lässt, dass uns mehr zusteht, als den anderen.

Wir können diesem egoistischen Teil nachgeben, aber ob wir dann glücklicher sind? Geteilte Freude ist doppelte Freude, meinst Du nicht auch?" Damit erhob sich ihr Papi, zwinkerte seiner jüngeren Tochter zu und verließ das Zimmer.

In dieser Nacht lag Jenny lange wach und grübelte. Warum hatte ihr Papi ihr diese Geschichte erzählt? Hatte er etwa in ihr auch so einen selbstsüchtigen Anteil entdeckt? Vielleicht weil sie sich beim Ostereiersuchen mit ihrer Schwester Juliane um die schönen pinkfarbenen Eier gestritten hatte? Oder wusste er etwa von dem Portemonnaie?
Jenny schluchzte. Was war nur richtig und was falsch? Sie wollte nicht selbstsüchtig sein. Aber sie konnte und wollte auch ihren Schatz nie wieder hergeben. Sie hatte ihn gefunden. Er gehörte ihr! Irgendwann schlief sie doch ein. Und am nächsten Morgen wusste sie plötzlich, was zu tun war.

„Jenny, Jenny!" Kim kam lachend auf sie zugestürmt. „Du glaubst nicht, was mir passiert ist!"
„Was denn?", fragte Jenny pflichtbewusst und wäre am liebsten davongelaufen.
„Mein Portemonnaie ist wieder da. Ich hatte gedacht, ich hätte es verloren und war so traurig deswegen. Doch nun habe ich es wiedergefunden." Kim schien sich vor lauter Freude überhaupt nicht mehr einzukriegen. Und dann zauberte sie ihr leuchtend gelbes Portemonnaie aus der Jackentasche und streckte es Jenny entgegen. „Ich bin ja so glücklich!"
Und nach einem Griff in die andere Jackentasche, meinte sie:
„Und das Verrückteste ist, jetzt habe ich sogar zwei. Als ich heute Morgen aus der Tür kam, lag dieses hier direkt vor meinen Füßen. Ich habe keine Ah-

nung, wie es dort hingekommen ist. Schau, es sieht genau aus, wie meins."

Ungläubig starrte Jenny die beiden Portemonnaies an, die einander glichen, wie Zwillinge.

„Aber ... aber, wo war denn Deins?", stotterte sie.

„Es war nur hinters Bett gerutscht. Wie dumm von mir! Ich dachte, ich hätte es unterwegs verloren." Kim rollte mit den Augen.

„Das ist ja verrückt." Jenny versuchte, sich ihre Verblüffung nicht anmerken zu lassen.

„Meine Mutti meinte, ich solle in der Schule fragen, ob jemand so ein Portemonnaie vermisst. Ich weiß zwar nicht, wie es dann vor meine Tür gekommen sein soll, aber wer weiß. Vielleicht gibt's ja doch einen Osterhasen." Kim lachte laut über diesen Scherz, denn natürlich war sie viel zu groß, um an solche Märchen zu glauben. „Oder auch zwei." Sie hob ihre Hände mit den beiden Osterhasenportemonnaies. „Was hast Du denn?", fragte sie verwundert, als Jenny ernst blieb.

„Kim, ich glaube, ich muss Dir was etwas sagen ..."

Eine Wiederbegegnung mit Jenny und ihrer
Familie gibt es in meinem Roman:
Traumfängerin der Liebe

Viele Menschen träumen vom Reisen, ob ans Meer, in die Berge oder in entlegene Winkel dieser Welt. Mein Traum vom Reisen führte mich unter anderem nach Irland, der Insel der Mythen und Legenden. Hier erwacht unweigerlich die Fantasie und so ist die folgende Geschichte entstanden:

Die Legende von Rock-Rose

Wolken verdunkelten den Himmel. Wie so oft hier wechselte das Wetter von einer Minute auf die andere. Vielleicht war es doch keine so gute Idee, heute noch einmal auszugehen. Bald würde es Zeit fürs Abendessen sein, aber noch schlief Henrik tief und fest. Seine Erkältung war mit jedem Tag schlimmer geworden und machte ihm mehr zu schaffen, als er es zugeben wollte. Doch trotz allem wollte er morgen unbedingt weiterfahren, um noch genügend Zeit für Dublin und all die dortigen Highlights auf seiner Liste zu haben. Eine Entscheidung, die ich bereute, wäre ich doch gerne noch länger in diesem kleinen Städtchen geblieben, dessen Namen ich mir weder merken, geschweige denn aussprechen konnte.
Ich liebte es durch diese beschaulichen, verwinkelten Gassen mit den kleinen Häusern und urigen Pubs zu bummeln, in einem derselben ein kaltes Guinness zu genießen oder kurz nach Sonnenaufgang hinunter an den einsamen Strand zu laufen, um dem Rauschen der Wellen zu lauschen und dem neuen Tag beim Erwachen zuzusehen. Genau so

hatte ich mir Irland immer vorgestellt. Ich brauchte keinen Plan, keine Liste voller Sehenswürdigkeiten, lieber ließ ich mich einfach treiben und genoss die freie Zeit nach den Wochen voller Stress und Hektik, deren krönender Abschluss unsere Hochzeit gewesen war.

Zumindest war das in den letzten Tagen so gewesen. Heute dagegen trieb mich bereits seit dem frühen Morgen eine seltsame innere Unruhe umher. Vielleicht war das einfach der Abschiedsschmerz von diesem mir lieb gewordenen Ort, das Gefühl lange noch nicht alles gesehen und erkundet zu haben oder die ungewohnte Ruhe und der viele Schlaf. Je weiter der Tag voranschritt, umso stärker wurde dieses Gefühl der Unrast. Ich musste heute einfach noch einmal hinaus, wollte ein letztes Mal diese malerische Umgebung auf mich wirken lassen.

So schrieb ich meinem Mann eine kurze Nachricht und schlich mich aus dem Zimmer. Das Hotel lag unweit der Innenstadt. Ein paar Schritte und schon hatte ich die Hauptgeschäftsstraße erreicht. Die Wolken hatten mehr angedroht, als sie zu halten vermochten. Schon schaffte sich die Sonne wieder Raum und mit etwas Glück würde ich heute noch einen schönen Sonnenuntergang bewundern können.

Ich schlenderte durch ein paar Souvenirshops, ohne irgendetwas zu kaufen, überlegte, ob ich mir ein Bier in unserem Lieblingspub gönnen sollte, hatte aber allein keine Lust dazu.

So schlug ich den Weg zum Strand ein. Zumindest dachte ich das, denn an irgendeiner Stelle der verwinkelten Gassen musste ich wohl falsch abgebogen sein. Plötzlich stand ich auf einem kleinen, mir völlig unbekanntem Platz. Hier waren wir während unserer Streifzüge nie gewesen, da war ich mir sicher. Denn wie hätte ich diesen Ort vergessen können. Diese kleinen, windschief wirkenden, bunten Häuschen mit ihren Blumenkästen in den Fenstern, der hölzerne Brunnen in der Mitte des Platzes, welcher mit Girlanden aus bunten Fähnchen geschmückt war, wie zu einem Feste, die leise melancholische Fidelmusik, die von irgendwoher an mein Ohr drang, das alles verlieh diesem Ort eine verwunschene, surreale Atmosphäre. Fast wirkte er wie ein Platz aus einer anderen Zeit.

Einen Moment stand ich staunend da, versuchte den Anblick, jedes Detail in mein Gedächtnis aufzunehmen, um später alles Henrik ganz genau beschreiben zu können. Er, der Irland-Fan, liebte solche Orte fernab der alltäglichen Betriebsamkeit ganz besonders. Gerade als ich mich abwenden wollte, um nach dem richtigen Weg zum Strand zu suchen, entdeckte ich auf der anderen Seite des Platzes, beinahe verborgen hinter dem Brunnen, eine Kutsche. Meine Neugier war geweckt und langsam ging ich hinüber.

Tatsächlich eine Kutsche, nein eher eine nostalgische, offene Droschke, dekoriert mit Blumen, und einem gescheckten Pferd davor. Wie aus einem Bilderbuch!

Was wäre das für ein schönes Fotomotiv gewesen. Zu dumm, dass ich meine Kamera nicht dabei hatte, dachte ich bedauernd. Während ich so dastand und mich von dem hübschen Anblick nicht losreißen mochte, kam ein Mann aus einem der Häuser. Ein junger, gutaussehender Kerl, mit seinem rabenschwarzen Haar so gar nicht irisch aussehend. Aber die Rothaarigen waren, entgegen allen Mythen, auch in diesem Land selten, das hatte ich schon in den letzten Tagen herausgefunden.

Er trug eine Art Uniform, die irgendwie altertümlich wirkte, ging zu dem Gefährt und tätschelte dem Pferd den Kopf.

Vielleicht drehen sie hier irgendeinen Film, überlegte ich. Das würde zumindest diese ganze Kulisse und seinen seltsamen Aufzug erklären. Schon machte ich mir Gedanken zu stören, so wie ich hier hereingeplatzt war, da schaute er direkt in meine Richtung und, statt des erwarteten Ärgers über mein unerwünschtes Auftauchen, ließ ein unwiderstehliches Lächeln sein Gesicht erstrahlen.

„Na, wie wäre es mit einer Fahrt, my Lady?", sprach er mich an.

Ich war so überrascht, dass ich stocksteif dastand und nur wie gebannt diesen Mann anstarrte, der jetzt um die Droschke herum kam und mir einladend die Tür aufhielt.

Was für ein Typ! Rosi, Du bist verheiratet, rief ich mich gedanklich selbst zur Ordnung, konnte aber immer noch nicht den Blick von ihm abwenden. Wie in Trance nickte ich, ging die paar Schritte auf ihn zu und ergriff seine dargebotene Hand, um mir in die Kutsche helfen zu lassen. Ein tiefer Blick aus unbeschreiblich grünen Augen, dann wandte er sich ab und stieg auf den Kutschbock. Ein Schnalzen, ein Pfeifen der Peitsche in der Luft und das Pferd setzte sich gemächlich in Bewegung.

Ein paar Minuten fuhren wir schweigend. Erst als die Stadt bereits hinter uns lag, und wir einen Park durchquerten, wandte er sich halb zu mir um.

„Mein Name ist Brian", stellte er sich vor.

„Ich bin Rosi", brachte ich mühsam heraus und kam mir vor wie ein frisch verliebter Teenager. Krampfhaft suchte ich nach irgendeinem klugen Satz, den ich von mir geben konnte, aber wie immer, wenn mir ein Mann gefiel, brachte ich nichts Gescheites zustande.

„Rose", murmelte er leise. Woher kannte er meinen richtigen Vornamen, bei dem mich doch nie jemand nannte? Oder hatte ich mich verhört?

„Ich zeige Dir jetzt eine der schönsten Burgen dieses Landes," verkündigte er und schaute mich erwartungsvoll an. Ich nickte und spürte, wie ich unter seinem Blick errötete. Wie peinlich! Zum Glück wandte er sich gleich wieder nach vorn.

Den Fahrtwind im Gesicht, umgeben von der grünen Natur dieser wunderschönen Insel, versuchte ich, diese Fahrt zu genießen. Aber bei all den Gedanken, die mir durch den Kopf gingen, wollte es mir einfach nicht gelingen. Es kämpften die widersprüchlichsten Gefühle in mir. Einerseits hätte ich längst zurück sein sollen, um mich um Henrik zu kümmern, der sicherlich bereits auf mich wartete, andererseits hätte ich noch ewig so weiter fahren können, in dieser Kutsche, mit diesem atemberaubenden Mann. Einem mir völlig fremden Mann, mit dem ich hier mutterseelenallein unterwegs war. Interessanterweise fühlte ich, die ich sonst oft ein richtiger Angsthase war, keinerlei Furcht bei diesem Gedanken.

Endlich siegte meine Vernunft, und gerade als ich ihm sagen wollte, dass es zu spät werden würde und ich zurück müsste, machte der Weg eine Biegung und ich erblickte direkt vor uns, keine hundert Meter entfernt, eine beeindruckende mittelalterliche Burgruine. Sie stand auf einem Felsplateau am Rande eines Sees und wurde von der untergehenden Sonne in ein flammend rotes Licht getaucht. Was für ein Anblick! Er hatte nicht zu viel versprochen, auch wenn ich nach seinen Worten eigentlich keine Ruine erwartet hatte.

Brian zügelte das Pferd und brachte die Droschke zum Stehen. Wieder ganz Gentleman kam er zu mir, um die Tür zu öffnen und mir herauszuhelfen.

„Wir sind da, Rose!" Wie er meinen Namen aussprach. Und als ich seine Hand ergriff, hatte ich das Gefühl, kleine Stromstöße würden durch meinen Körper fließen, alles kribbelte, wurde warm, fühlte sich unbeschreiblich lebendig an. Was passierte hier nur mit mir?

Er hielt meine Hand auch nach dem Aussteigen fest und so gingen wir Hand in Hand den Weg entlang zur Burg hinauf. Ich wusste, dass es falsch war, dass ich mir seine Zutraulichkeiten verbitten musste, aber ein mir bis dahin unbekannter Teil, tief in mir, war stärker, wollte nichts mehr, als mit diesem Mann zusammen sein, ihn nie wieder loslassen. Koste es, was es wolle.

„Das ist die Burg Rock-Castle. Wir sind leider zu spät, heute ist es nur noch eine Ruine. Aber es gab auch andere, bessere Zeiten. Egal, Hauptsache ist, dass Du endlich zurück bist!" Seine Stimme war sanft und brachte mich vollends um den Verstand.

Aber was redete er da. Zurück sein? Ich war noch nie im Leben hier gewesen. Trotzdem spürte ich eine unerklärliche Vertrautheit, als ich durch den steinernen Torbogen schritt. Wie von selbst fanden meine Füße den Zugang zu einem kleinen, separaten Hof, wahrscheinlich eine Art Wohnhof, der von den mächtigen steinernen Mauern umrahmt wurde. Beinahe zog ich Brian jetzt die letzten Schritte hinter mir her. Er war schweigsam geworden, schien mich und meine Reaktionen auf diesen Ort irgendwie zu beobachten. Aber das bemerkte ich nur am Rande.

Denn während ich mich umsah, hatte mich plötzlich ein so übermächtiges Gefühl der Trauer und des Verlustes übermannt, wie ich es noch nie zuvor erlebt hatte. Mir war als hätte ich etwas Wertvolles unwiederbringlich verloren. Bilder tauchten vor meinem inneren Auge auf, wie aus einem Film, den ich schon einmal gesehen, aber fast vergessen hatte. Ich sah ein Feuer, tanzende Menschen, hörte Lachen, Stimmen, in einer Sprache, die ich nicht verstand und die mir doch seltsam bekannt vorkam. Ich erblickte ein Paar, das Hand in Hand dastand und das Treiben lächelnd beobachtete.

Wo war all dieses Leben hin, all diese Menschen, die hier in diesem Gemäuer einst gewohnt hatten, wo waren Spiel, Tanz und die Liebe geblieben?

„Die Liebe ist noch da", flüsterte Brian, als hätte er meine Gedanken gelesen, und holte mich mit seiner Stimme in die Realität zurück. Sanft zog er mich in seine Arme.

„Alle sieben Jahre meine Anam Ċara, heute ist es endlich so weit."

Seine Nähe, diese mir unverständlichen Worte, dieser, wie es mir schien, fast verwunschene Ort, das alles war auf einmal viel zu viel für mich. Wurde ich langsam verrückt? Nein, nicht langsam, ich war es schon, völlig verrückt! Während mein kranker Ehemann allein in seinem Hotelzimmerbett lag, ließ ich mich hier von einem fremden Iren bezirzen. Okay, er sah gut aus. Na und. Wahrscheinlich war das hier seine typische Touristenmasche, die er mit jeder Frau, die dumm genug war, darauf hereinzufallen, abzog.

Plötzlich war diese Burg nur noch eine Ruine, eine von unzähligen, die über ganz Irland verteilt waren, und dieser Kutscher, nur ein Mann, der es darauf abgesehen zu haben schien, eine x-beliebige Touristin zu verführen. Nur, dass ausgerechnet ich das war. Das konnte ich nicht zulassen.

Gerade als er mich noch enger an sich ziehen wollte, um mich zu küssen, riss ich mich voller Panik los.

„Lass mich, ich bin verheiratet!"

Eine Sekunde schaute ich noch in sein Gesicht, das erstaunt und zugleich abgrundtief traurig wirkte, dann rannte ich wie von allen Teufeln gejagt los, ließ die Burg hinter mir. Nur weg, nichts wie weg, an mehr konnte ich nicht denken.

Ich weiß nicht mehr, wie ich zurück zum Hotel gefunden habe. Irgendwann stand ich wieder vor dem bekannten Gebäude, es war längst dunkel und ich völlig fertig vom Laufen und dem Erlebten, zudem noch komplett durchnässt, weil mich unterwegs ein sintflutartiger Regenguss überrascht hatte.

Als ich in unser Zimmer kam, lag Henrik noch im Bett. Er schien gerade erst erwacht zu sein und hatte mein Verschwinden wohl nicht einmal bemerkt. Leider schien es ihm immer noch nicht besser zu gehen, auch wenn er anderes behauptete.

Bei meinem Anblick rappelte er sich jedoch sofort auf. Meine Erklärung, ich hätte mich verlaufen und wäre vom Regen überrascht worden, akzeptierte er bedenkenlos. Er bestand aber darauf, mir unbedingt ein heißes Bad einzulassen, damit ich nicht auch noch krank werden würde. Während er sich wieder hinlegte, stieg ich in die Wanne, dankbar für seine Fürsorge und froh, wieder heil in meinem vertrauten Umfeld angekommen zu sein.

Ich würde baden und dann ebenfalls ins Bett gehen, beschloss ich. Fürs Abendessen war es sowieso längst zu spät.

Doch an Schlaf war in dieser Nacht nicht zu denken. Und wenn ich dann doch einmal einnickte, tauchte jedes Mal Brian in meinen Träumen auf. Sein lachendes Gesicht, das mir regelrecht die Sprache verschlagen hatte, sein trauriges, enttäuschtes, als ich vor ihm geflohen war. War er wirklich nur ein Typ, der einsame Touristinnen um den Finger wickelte, um dann ein wenig Spaß mit ihnen zu haben? Diese Frage und mein schlechtes Gewissen gegenüber Henrik ließen mich nicht schlafen.

Irgendwann stand ich auf, schnappte mir den Laptop und schlich auf Zehenspitzen, um meinen Mann nicht zu wecken, ins Bad.

Im Internet suchte ich nach „Rock-Castle" und wurde fündig. Doch was ich las, ließ mir die Nackenhaare zu Berge stehen:

„Rock-Castle" ist der Name einer mittelalterlichen Burg in Irland, die zu Beginn des 19. Jahrhunderts völlig zerstört wurde. Heute existieren leider nicht einmal mehr Überreste.
Eine irische Legende besagt, dass die Ruine dieser Burg alle sieben Jahre zur Sommersonnenwende wie aus dem Nichts auftaucht. Aber niemand hat diese je zu Gesicht bekommen und so ist diese Geschichte nur ein weiterer Mythos, derer es unzählige in diesem Lande gibt.

Ich spürte, wie eine Gänsehaut meinen ganzen Körper überzog. Das konnte doch nicht wahr sein. Ich hatte diese Burg gesehen, sie sogar betreten.
Brians Worte fielen mir wieder ein: „Alle sieben Jahre, meine Anam Ċara." Auch er hatte von sieben Jahren gesprochen. Aber das war doch unmöglich.
Hallo, rief ich mich selbst zur Ordnung, das hier ist die reale Welt und kein Märchenbuch. Burgen tauchten nicht mal eben aus dem Nichts auf. Trotzdem konnte ich nicht anders, als nach der Bedeutung der Worte „Anam Ċara" zu googeln.
Bedeutet so viel, wie Seelengefährte, stand da. Er hatte mich seine Seelengefährtin genannt? Er kannte mich doch gar nicht? Oder doch? Ich war völlig durcheinander. An Schlaf war in dieser Nacht nicht mehr zu denken und bei Morgengrauen wusste ich, dass ich der Sache auf den Grund gehen musste.
Ich zog mich leise an und schlich aus dem Zimmer. So schnell ich konnte, schlug ich den Weg Richtung Meer ein und bog, an der wie ich meinte, richtigen Stelle ab, um wieder zu dem kleinen Platz mit dem Brunnen zu gelangen. Hier hatte die Droschke ge-

standen, hier war Brian aus einem der Häuser gekommen, in welchem er sicherlich wohnte. Ich musste ihn einfach finden. Warum eigentlich, fragte mein Verstand, aber ich schob alle Fragen fort. Ich musste und Punkt!

Doch so sehr ich auch suchte, ich fand den Platz nicht wieder. Immer, wenn ich merkte, dass ich nicht richtig war, kehrte ich um und folgte einer anderen Gasse, wieder in der Überzeugung, dass diese jetzt die richtige sein musste. Aber keine führte mich auf den verwunschenen kleinen Platz. Stunden später gab ich auf und kehrte müde und enttäuscht ins Hotel zurück. Um mein schlechtes Gewissen zu besänftigen, kümmerte ich mich liebevoll um Henrik, ließ am Nachmittag sogar einen Arzt nach ihm schauen. Die angebliche Erkältung war eine handfeste Grippe und reisefähig war er so keinesfalls. Doch das Antibiotikum würde, so der Arzt, schnell anschlagen und nach ein, zwei Tagen Ruhe konnten wir dann sicherlich nach Dublin weiterreisen.

Als ich den Arzt hinausbegleitete, konnte ich nicht anders und fragte ihn nach „Rock-Castle". Sein seltsamer Blick ließ mich meine Frage sogleich bereuen. Erst machte es den Anschein, dass er mir gar nicht antworten wollte, dann bequemte er sich doch noch zu ein paar Worten:

„Das soll eine Burg hier in der Gegend gewesen sein, die es heute aber nicht mehr gibt."

„Nicht mal eine Ruine?" Ich schaue ihn erwartungsvoll an, wohl wissend, dass ich ihn mit meiner Neugier nervte.

„Nein, auch keine Ruine. Aber fragen Sie doch im Touristenzentrum nach, die können ihnen sicherlich andere, noch erhaltene Burgen empfehlen, die einen Besuch wert sind. Irland ist reich gesegnet damit."

Ich dankte ihm für den Tipp und verabschiedete mich. Was interessierten mich andere Burgen, ich wollte mehr über „meine" Burg erfahren. Aber auch die nette Frau im Touristenzentrum, das ich gleich darauf aufsuchte, konnte mir nichts anderes sagen. Rock-Castle existierte nicht mehr, es war nicht einmal sicher, ob es diese Burg wirklich je gegeben hatte oder alles nur eine Legende war.

Die Legende, die sich um diese Burg rankte, war dafür aber umso romantischer, meinte sie und ließ mich bereitwillig an ihrem Wissen teilhaben. Sie erzählte mir von der unglücklichen Liebe des Lords of Rock-Castle, der einst in einer der schönsten Burgen Irlands gelebt haben soll. Er hätte ein zufriedenes Leben in Wohlstand und Glück verbringen können, aber er liebte die falsche Frau. Seine Angebetete, Lady Rose, war bereits einem anderen versprochen, einem Engländer. Sie war mit ihrem Ehemann von hier fortgegangen und auch der Lord hatte in seiner Trauer seine Heimat verlassen, wo ihn alles an seine verlorene Liebe erinnert hatte. Sieben Jahre später war er nach Hause zurückgekehrt, doch zu dieser Zeit fand er seine einstmals prächtige Burg nur noch als eine Ruine vor. Ohne seinen Schutz hatten Feinde ein leichtes Spiel gehabt.

Die Legende besagte weiter, dass der Lord bis zu seinem Tode in der Ruine gelebt haben soll, allein und immer darauf hoffend, dass seine Geliebte eines Tages zurückkehren würde.

Er habe für seine Rose unzählige Rosenbüsche gepflanzt, die an den Mauern herauf gerankt sein sollen und die Ruine so regelrecht zum Erblühen brachten.

Selbst nach dem Dahinscheiden des Lords, so hieß es weiter, komme er alle sieben Jahre zurück, um auf die Frau seiner Träume zu warten. Jedes Jahr zur Sommersonnenwende tauchte dann die Ruine, wie aus dem Nichts heraus, auf, um nach Einsetzen der Dunkelheit sofort wieder zu verschwinden.

Das ist natürlich nur eine romantische Geschichte, meinte die redselige Dame und seufzte verzückt, denn noch nie hat ein Menschenauge diese Burgruine wirklich erblickt.

Noch nie? Da war ich mir nicht sicher. Ich bedankte mich und eilte auf die Straße. Ich brauchte dringend frische Luft, so sehr schwirrte mir der Kopf.

War ich etwa durch ein Zeitfenster in die Vergangenheit geraten? Hatte ich mich deshalb in dieser Burg so vertraut, so zu Hause gefühlt, weil ich früher bereits dort gewesen war? Nein, das war völlig verrückt! Und Brian wirkte auch ganz und gar nicht wie ein Herr aus längst vergangenen Zeiten. Und welcher Lord fuhr schon selbst seine Kutsche? Vielleicht war doch alles nur eine Masche und er hatte mir eine ganz andere Burg gezeigt, mir nur den falschen Namen genannt, in der Hoffnung, dass ich diese Legende kennen würde? Wer weiß, wie ich mich verhalten hätte, wenn ich tatsächlich vorher von dieser romantischen Liebe aus längst vergangenen Zeiten gehört gehabt hätte. Wahrscheinlich hätte ich in seinen Armen alles um mich herum vergessen, musste ich mir eingestehen. Ich war schon immer eine hoffnungslose Romantikerin und Träumerin gewesen. Und dieser Mann hatte eine Saite in mir zum Klingen gebracht, von der ich bis dato nicht einmal gewusst hatte, dass ich sie überhaupt besaß.

Ich musste der Sache einfach auf den Grund gehen, um wieder klar denken zu können. Und ich musste Brian wiedersehen! Nur einmal noch. Aber leichter gesagt, als getan.

Drei Tage ließ ich nichts unversucht, um ihn zu finden. Ich hatte mir einen Stadtplan besorgt und durchstöberte alle Gassen und Winkel dieser Stadt. Ich erkundigte mich nach Burgen in der Umgebung und machte vier an der Zahl ausfindig. Mit einem Taxi besuchte ich eine nach der anderen, aber keine war mein Rock-Castle.

Ich fragte nach Kutschern mit dem Namen Brian, wurde sogar fündig, doch der Brian, dem ich dann begegnete, war ein gemütlicher, älterer Herr, der nur seinen Vornamen mit meinem geheimnisvollen Fremden gemeinsam hatte. Niemand kannte einen dunkelhaarigen Brian, der eine altertümliche Droschke fuhr, niemand konnte mir eine Erklärung auf meine vielen verwirrenden Fragen geben.

Dann war Henrik wieder reisefähig und sprühte vor Vorfreude auf die irische Hauptstadt. So fuhren wir weiter nach Dublin und ließen diese kleine Stadt hinter uns. Mir war als würde ich ein Stück Heimat zurücklassen. Aber wie hätte ich Henrik meinen Wunsch zu bleiben, erklären sollen? Wie hätte ich es fertigbringen sollen, ihm, dem Mann mit dem ich mir sicher gewesen war, mein Leben verbringen zu wollen, von meiner verlorenen Liebe zu berichten? Einer Liebe, auf den ersten Blick! Und vielleicht auch einer Liebe, die niemals endete, alle Zeiten überdauerte?

Ich wusste es nicht, aber eines wusste ich ganz genau: Ich würde wiederkommen, um es herauszufinden. Eines Tages, in 7 Jahren, zur Sommersonnenwende …

„Ich würde Jahrtausende lang
die Sterne durchwandern,
in alle Formen mich kleiden,
in alle Sprachen des Lebens,
um Dir einmal wieder zu begegnen.
Aber ich denke, was sich gleich ist,
findet sich bald."
(Friedrich Hölderlin)

Man ist doch nie zu alt, um seine Träume einem Wunschzettel anzuvertrauen. Und dafür muss auch nicht unbedingt Weihnachten sein.

Wunschzettel

Wenn ich mir was wünschen dürfte,
dann wünscht ich mir eine stille Winternacht,
ganz klar, mit Schnee weiß und weich,
mit einem Tannenbaum im Garten,
bis hoch zum Himmel,
geschmückt mit funkelnden Sternen.

Wenn ich mir was wünschen dürfte,
dann wünscht ich mir Deine Hand,
ganz warm und sicher,
ein Lächeln, das bis zu Deinen Augen reicht
und eine Hoffnung, die uns trägt bis hin
zum Horizont.

Wenn ich mir was wünschen dürfte,
dann wünscht ich mir ein Stückchen Glück,
für Dich, für mich,
für einen jeden Menschen,
auf das daraus ein großes Ganzes werde.

Wenn ich mir was wünschen dürfte,
dann wünscht ich mir einen Traum von Liebe,
so lebendig und stark,
dass er den Morgen überdauert
und unsere Welt erweckt.

Es ist an der Zeit, Wünsche wahr werden zu lassen –

und Träume zu leben!

Nachwort

Träume sind viel mehr als nur Luftschlösser unserer Fantasie. Sie zeigen uns, wonach wir uns sehnen, motivieren uns und können uns eine Richtung in unserem Leben geben.

Aber bei aller Träumerei sollten wir nicht vergessen, auch mal inne zu halten, um uns am Erreichten zu erfreuen und die kleinen Glücksmomente zu genießen. Denn nur so können wir neue Kraft tanken. Und die brauchen wir, um auf unserem Weg der Träume zu bleiben, egal wie viele „Umwege" oder Aufs und Abs er auch beinhalten mag.

Überfordern wir uns, werden wir unsere Träume nicht zum Leben erwecken, unterfordern wir uns, ebenso wenig.

Fragen wir nicht so oft, wie wir sein sollten und was wir tun müssten. Fragen wir lieber, was wir möchten, wonach unser Herz sich sehnt und machen wir dann den ersten Schritt, um unseren Traum zu leben. Und dann noch einen Schritt und noch einen. In unserem eigenen Tempo, zu unserer eigenen Zeit. Schon sind wir auf dem Weg und aus unseren Träumen werden Ziele.

Meine Träume

Es gibt Bücher, die sind wie gute Freunde. Sie leisten Gesellschaft, schenken neue Impulse und gewähren Einblicke in bis dahin ungeahnte Welten. Und – man möchte sie nie wieder hergeben!
Solche Bücher wollte ich nicht nur lesen, sondern auch schreiben, das war mir bereits im Kindesalter klar. Welch hoher Anspruch damit verbunden ist, allerdings erst viel später. An Geschichten war schon damals kein Mangel, doch nie kam ich über die ersten Seiten hinaus. Seiten, die ich kurz darauf wieder verwarf und in den Papierkorb beförderte. Es gab ja immer so viele neue Ideen, welche es wert schienen, die vorangegangenen zu ersetzen.

Im Laufe der Jahre wurden dann andere Dinge wichtig und meine Freude am Schreiben rückte in den Hintergrund. Das änderte sich erst wieder im Jahre 2000 durch eine berufliche Neuorientierung zur Heilpraktikerin für Psychotherapie und damit verbundenen bereichernden Begegnungen.
Bis zum ersten Buch war es aber auch dann noch ein weiter Weg. Doch Träume sind geduldig und Ende 2007 erfüllte ich mir mit „Die grinsende Katze" endlich meinen großen Traum.
Inzwischen habe ich mehrere Bücher veröffentlicht und möchte das Schreiben in meinem Leben nicht mehr missen. Meine Romane, Kurzgeschichten und Ratgeber widmen sich vorrangig Themen, wie der Suche nach dem Glück, der Liebe oder dem richtigen Platz im Leben.

Die Texte in diesem Buch sind in der Zeit von 2008 bis 2021 entstanden. Sie alle beschäftigen sich – auf die eine oder andere Art – mit dem Thema „Träume leben".

Meine Bücher

Wenn aus Träumen Wirklichkeit wird.

Weitere Bücher

Traumfängerin der Liebe

Juliane ist eine hoffnungslose Romantikerin, die immer an die große Liebe geglaubt hat. Aber nach der Trennung von ihrem Lebensgefährten Paul bricht ihre scheinbar heile Welt zusammen.

Der Neuanfang gestaltet sich schwierig, zumal sie in jeder Nacht seltsame Träume plagen. Um herauszufinden, wie es in ihrem Leben zukünftig weitergehen soll und vielleicht sogar ihren Traummann zu treffen, reist sie nach Indien in eine sogenannte Schicksalsbibliothek. Auf einem uralten Palmblatt wird ihr dort prophezeit, dass sie erst die Säulen der Liebe finden muss, um mit einem Partner glücklich zu sein.

Doch der Mann, der ihr dann über den Weg läuft, ist nicht der erhoffte Traummann, sondern ein Mensch mit Ecken und Kanten. Aber möglicherweise ist er trotzdem genau der Richtige für Juliane?

Roman, 576 Seiten, 19,99 Euro,
ISBN 978-3749481200
(auch als E-Book erhältlich)

Die Liebe ist bunt

Die Liebe lässt einen manchmal seltsame und auch unbequeme Wege gehen. Doch sie ist jeden einzelnen Schritt wert!

Katja, frischgebackene Lehrerin, freut sich auf ihre Stelle am renommierten Schiller-Gymnasium. Nach einer unschönen Trennung von ihrem letzten Lebensgefährten hat sie von der Liebe die Nase voll und will nun beruflich durchstarten. Doch sie hat nicht mit Jonas gerechnet, einem gut aussehenden, viel zu jungen Mann, der ihr gleich am ersten Tag den Kopf verdreht. Da eine Beziehung mit ihm undenkbar ist, versucht sie ihm, soweit wie möglich, aus dem Weg zu gehen. Aber Jonas lässt einfach nicht locker und gefährdet damit sogar Katjas berufliche Existenz.

Hat die Liebe der beiden trotz aller Hindernisse eine Chance oder endet alles in einem Fiasko?

Erzählung, 132 Seiten, 9,99 Euro,
ISBN 978-3750424487
(auch als Hardcover und E-Book erhältlich)

Die grinsende Katze
Dem Glück auf den Fersen

Lisa ist eine Teppichkatze, ihre Welt eine Zweizimmerwohnung mit Blick in den Garten. Eines Tages taucht Petro, ein Abenteuerkater, unter ihrem Fenster auf.
Er erzählt ihr, dass die Welt viel mehr ist, als sie sehen oder erahnen kann.
Lisa will es genau wissen und gemeinsam machen sich die beiden Katzentiere auf den Weg, um ihr Glück zu suchen.

Eine Geschichte über Freundschaft, Träume und den Mut, seinen eigenen Weg zu gehen.

Nicht nur für Katzenfreunde!

Roman, 348 Seiten, 14,90 Euro,
ISBN: 978-3750418585
(auch als Hardcover und E-Book erhältlich)

Mensch, Freu Dich!
In 9 Schritten zu mehr Lebensfreude

Das Leben könnte doch so schön sein, wären da nicht die vielen Dinge, die es uns oft schwer machen. Ob Stress, Ärger, Sorgen, Zweifel, Traurigkeit oder Angst, immer gibt es irgendetwas, das uns daran hindert, unser Leben zu genießen. Oft funktionieren wir nur noch, anstatt wirklich zu leben.

Zumindest war das bisher so, denn ab heute können Sie sich ganz bewusst für den Weg der Freude entscheiden. Lernen Sie Entspannungstechniken, Klopfakupunktur, Affirmationen und vieles andere mehr kennen. Werden Sie Ihr bester Freund, nutzen Sie Ihre Fantasie oder sammeln Sie Ihre ganz persönlichen Glücksbausteine.

Anhand von 9 Schritten wird in diesem Buch ein Weg aufgezeigt, wie Sie besser mit Stress, Ärger, Angst oder anderen Problemen umgehen können, um so ein glücklicheres Leben zu führen.

Ratgeber, 136 Seiten, 14,99 Euro,
ISBN 978-3750249059
(auch als Hardcover und E-Book erhältlich)

Mensch, Entspann Dich!
9 Entspannungstechniken für Zuhause

Viele Menschen leiden heutzutage unter Dauerstress. Zeitdruck, Reizüberflutung, ständige Erreichbarkeit und hohe Erwartungen an sich selbst sind nur einige Gründe dafür. Oft hat der Stress auch Ursachen, die wir auf den ersten Blick gar nicht erkennen.

Fühlen auch Sie sich oft müde, nervös oder gereizt? Fällt es Ihnen immer schwerer, abzuschalten und Energie für die Dinge aufzubringen, die Ihnen am Herzen liegen? Wachsen Ihnen die täglichen Anforderungen über den Kopf?

Dann wird es Zeit, gegenzusteuern! Permanenter Stress ist nicht nur ungesund, er nimmt Ihnen auf Dauer auch Ihre Zufriedenheit und Lebensfreude.

In diesem Buch werden Ihnen neun bewährte Entspannungstechniken vermittelt, die Sie dank kurzer, einfacher Anleitungen sofort zu Hause anwenden können.

Ratgeber, 112 Seiten, 12,99 Euro,
ISBN 978-3752692310
(auch als Hardcover und E-Book erhältlich)

Weihnachtsengel Inkognito
Weihnachtliche Geschichten rund ums Fest

Weihnachtszeit – Geschichtenzeit –
Zeit für ein paar Momente der Besinnung

Lernen Sie den Kullerko in seiner Winterweihnachtswelt kennen, begleiten Sie einen Weihnachtsengel inkognito am Heiligen Abend oder keh-
ren Sie ein in die kleine Kirche, die am Weihnachts-
abend in ganz besonderem Glanze erstrahlt.

Die kleinen Weihnachtsgeschichten für Erwachsene
sind mal besinnlich, mal romantisch, mal nachdenklich – doch immer voller Hoffnung.

Kurzgeschichten, 64 Seiten, 6,99 Euro
ISBN 978-3749484720
(auch als E-Book erhältlich)

Liebe Leserin, lieber Leser,

vielen Dank, dass Sie meine
Geschichten gelesen haben.
Ich hoffe, sie haben Ihnen gefallen.

Wenn Sie mehr über mich und meine Bücher
erfahren wollen, besuchen Sie doch
meine Autorenhomepage:

www.wondertimes.de

Ich freue mich sehr über Ihren Besuch!